M.E.M.
～汚された純潔～
アイル【チーム・ラヴリス】原作
塚原尚人　著
深水直行　原画
PARADIGM NOVELS 73

登場人物

篠崎《しのざき》冴子《さえこ》　幼い頃、戦争に巻き込まれ、目が見えなくなった。今は教会で暮らしている。

正樹《まさき》

軍人だったが軍を辞めて、民間人として暮らしている。冴子を幸せにしたいと思っている。

国東《くにさき》千春《ちはる》　千里の双子の妹。ルポライターとして活躍中。

国東《くにさき》千里《ちさと》　街の病院に勤める看護婦。陣の奴隷となっている。

マリエル・リーガン　街で出会った少女。だがその正体は…。

陣《じん》　正樹の軍時代の戦友。今はあやしい商売をしている。

北条《ほうじょう》由利《ゆり》　軍に所属する、正樹の元上官。子供と二人暮らし。

此路《このみち》未菜《みな》　街で花売りをしていた少女。正樹になついている。

第一章　千里

第三章 マリエル

目次

プロローグ

「ねえ、なにお祈りしてるのぉ？」

静かだった教会に女の子の声が響く。振り向くとそこには少女が立っていた。少女は人見知りする風でもなく、可愛い靴音を鳴らして、真っ直ぐ俺の方に歩いてくる。背丈は俺の腰ぐらいまでだろうか、少女は天を仰ぐようにして俺を見上げていた。

知らない子だった。この街の住民だろう、ぐらいしか想像がつかない。

「お兄ちゃん、兵隊さんなの？」

少女は大きな目をくりくりと動かして、不思議そうに俺を見つめてきた。

「そうだよ。お兄ちゃんは兵隊さんだ。君の名前は？」

俺は少女の目の高さに合わせてしゃがみこみ、そう訊《き》いた。

「さえこ！　わたし、さえこっていうのぉ！」

冴子《さえこ》は元気いっぱいに名乗る。戦争が起こっているといっても、この辺りは比較的平和だったし、もとより子供はそんなことを気にしないのかもしれない。

「俺は正樹《まさき》だ」

冴子に握手を求めながらそう言うと、冴子は、はにかみながらも小さな手を差し出して、俺の握手に応じた。

「お兄ちゃんはどうしてここにいるの？」

「俺たちはこの町を守りに来たんだよ」

冴子はただでさえ大きな瞳をキラキラと輝かせた。俺が冴子に微笑《ほほえ》みながら頭を撫《な》でてやると、冴子はくすぐったそうに首をすくめた。

しかし、おそらく冴子は知らないのだろう。ここはもうすぐ戦場になることを。俺たちの小隊は、この田舎町に重要なものがあると指示を受けてここにやってきたのだ。

あの隕石《いんせき》落下に端を発した〈大混乱〉から六年経った今、世界情勢は一変した。大規模な気候の変化によって、生態系に異常が発生し、数万種の動植物が絶滅した。それに伴い、人間は数多くの栄養源を失った。そして、食物の大恐慌が起こったのだ。

その恐慌を引きずる形で、世界各地で戦争が多発するようになった。誰もが少しでもマシな土地を求めたのである。もちろん、俺たちの国もそうだった。

だが、俺たちの国の戦争は、他の国とは少し事情が違っていた。ただの戦争ではない。内戦だ。同じ国の人間が、血で血を洗う戦争を演じている。こんな時代に生まれなければ

——俺は何度もそう考えた。

しかし、自分の生まれた時代を嘆いていても仕方がない。だから俺はいつしか、人を殺すことがあったとしても、逆に人を救ってやることも出来るはずだ、と考えるようになっていた。そうでもないとやっていられないのだ。

「お兄ちゃん？　大丈夫？」

冴子が顔を傾けて訊いてくる。冴子は俺を心配そうに見つめていた。

「大丈夫だよ、さえこちゃん」

冴子は人差し指を口元に当てて可愛く小首を傾げている。辺りは相変わらず静かだった。周りの緑が眩《まぶ》しい。

「じゃあ、わたしも、お祈りするぅ！　お兄ちゃんも一緒にしようよぉ！」

冴子は屈託のない笑顔で、俺の服を引っ張る。こんな子に戦争という言葉は似合わない。いや、冴子のような子がこれからを築くのだ。こんな子を戦争に巻きこんではならない。俺は強くそう思った。

「そうだな、一緒にお祈りしようか」

冴子は俺と並んで、胸の前で手を組み、一心に祈った。絶対にこの街は守ってみせる。俺は冴子よりも先に目を開けて、そう決意したのだった。


目の前には、雲一つない青空が広がっている。俺は両手を広げて、深呼吸した。相変わらず、教会の前は緑で眩しい。今時これほど空気のいい場所も珍しいだろう。

だが、目の前に見える教会は、冴子に初めて会った時の教会とは違っていた。教会は、昔と違い、教会としてだけではなく、戦争で親を失った身よりのない子供を引き取って育てる、孤児院としての役割も果たしているのだ。

いい天気だった。俺は深呼吸しながら、教会の近くの小さな木が生えている小高い丘に向かって歩いていった。すると、遠くに小さな人影が見えた。少女だ。それが誰であるか、俺にはすぐにわかった。冴子だ。

「あっ、兵隊さん。また来てくれたんですね」

冴子はすぐに俺に気が付いたのか、俺の方を振り向いて声を上げた。冴子を日陰に入れないように、俺は日差しの反対側である左手側まで近づくと、俺はしゃがんで挨拶《あいさつ》をした。

身体つきは昔と違い、女っぽくなっていたが、冴子は小さい頃と何一つ変わらず、屈託のない笑顔を俺に向けてくれた。俺は手に持っていたお菓子を冴子に差し出した。

「またお菓子を持ってきて下さったんですね」

冴子はお菓子の入った箱から漂う匂《にお》いに気付いて表情を緩めた。しかし、その表情はすぐに曇ってしまった。

「でも、お菓子って、とても高価な物じゃないですか」

そう、冴子は昔から優しい娘だった。今もそれは変わっていない。

「いや、気にしないでくれ」

「無理、しないで下さいね。私、兵隊さんが毎日会いに来てくれるだけで嬉《うれ》しいですから」

冴子は胸に手を当てて、心配そうな表情をした。

「言ったろ、無理はしていない。だから、ほら」

俺は冴子の手を取って、箱を手渡してやった。落とさないようにしっかりと支えて、だ。だが、箱を受け取った後も冴子の表情はすぐれない。俺がもう一度大丈夫、と言ってやると冴子は少し安心したのか、ようやく嬉しそうに箱を胸に抱いた。

「いつもすみません。では、ありがたく頂きます」

そう言って冴子は、俺に微笑みを返してきた。だが、その目は、焦点が合っていなかった。

そう、冴子は目が見えないのだ。いや、正確に言えば、戦争のせいで、見えなくなったのである。そのことを思うと、俺はつい昔を思い出してしまう。

あの日、この町は戦場になった。その時、戦闘に巻きこまれて冴子は光を失ったのだ。俺は冴子を守ってやれたはずなのに。そう考えて何度も悔やんだ。

たしかに、俺たちはこの町での戦闘には勝利した。しかし、俺たちの部隊を待っていたのは、恩賞でもなければ、ねぎらいの言葉でもなかった。軍法会議だった。

俺たちの罪状は、命令違反だった。必死に戦い、勝利した俺たちに、上層部は命令違反があったと糾弾したのだ。軍には、任務遂行時における作戦目的の優先順位がある。この場合、俺たちは、街に敵を侵入させてはならなかった。もし、侵入を許した場合、いかなる手段に訴えても速やかに敵を排除する、それが最優先事項だった。たとえ、住民を犠牲にしても、だ。それが上層部からの命令だった。

しかし、俺たちはそんなことは絶対にしたくなかったし、実際問題としてそんな必要はなかったのだ。だから、三日間戦い続けた。結果的に戦闘には勝利したが、上層部は納得しなかった。お前たちは守るべきものを守れなかったのだ、と断言されたのである。

俺は、軍法会議にかけられたものの、内戦最後の戦闘に参加し、生還した英雄として昇進して、将校になった。しかし、俺が欲しいのは、そんなものではなく、冴子だった。辛《つら》い思いをしている冴子を少しでも励ましてやりたい。そう考えて俺は、軍を抜けたのだ。

軍を辞めた後、俺は地道に孤児院や、施設を当たった。冴子を探していたのだ。冴子の居所を知ったのはここ最近のことだ。

ここで冴子を見つけて以来、俺は毎日冴子に会いに来ている。それが俺に出来る精一杯の罪滅ぼしのような気がしていたからだ。

ただ、俺は、最初に会った時と違い、自分の名前を冴子に明かしていなかった。名乗る資格などないと思ったからだ。最初に会った時の冴子は、まだ小さかったが、冴子のことだ、おそらく俺の名前を忘れているはずがないだろう。だが、言ってあるのは俺が元軍人だということだけだ。つまり、冴子は、最初に会った時の俺と、今、冴子の目の前にいる俺が同一人物だとは知らないのだ。

冴子は今年、この教会を出なければならない。孤児院には、年齢制限があり、自力で生活できる歳になったら自立するということになっている。目の見えない冴子も例外ではなかった。非情といえば非情だが、この時代は孤児が多く、多くの子供たちが親兄弟と死に別れて辛い思いをしている。助けを必要としている子供たちは山ほどいるのが現状なのだ。

俺はそんな冴子が気がかりで仕方なかった。目が見えないということも気がかりだが、何よりも心配なのは、その純真な心だった。

だから俺は、冴子を引き取って、養っていきたいと考えていた。こうして毎日冴子に会いに来ているのもそのせいだ。しかし、先立つものがなかった。金がないのだ。実際として、今の状態で冴子を引き取ってもかえって不幸にするだけだ。

「兵隊さん、兵隊さん、どうしたのですか？」

ずっと俺が黙っていたせいか、冴子が心配そうに声をかけてくる。

「ごめん。ちょっと、ボーッとしてたみたいだ」

冴子はそんな俺を見て笑っていた。

ふと気付くと、太陽はかなり傾いていた。冴子と話していると時間が経つのが速い。ひょっとしたら、俺は冴子のことを……と考えたが、その時、俺は陣《じん》との約束を思い出した。

その日、俺は昔の戦友である陣と、街の病院で会う約束をしていたのだ。

「ごめんね、そろそろ行くよ。また今度ゆっくり話をしよう」

「あ、はい。今日も楽しかったです。あの……また、来て下さいね」

冴子は名残惜しそうな表情をしている。目が見えない分、冴子は表情が豊かだった。

「ああ、また来るよ」

俺はそう言い、冴子を残して足早に丘を下っていった。

第一章　再会と約束

俺は冴子との心温まる一時の余韻を残したまま、病院にやってきていた。かつて軍にいた頃の友人、陣に会うためだ。

陣も俺と同じく、軍を辞めてエリートコースを棒に振った組だ。その陣が今は何か商売をしているらしく、俺に手伝わないか、と言ってきてくれたのである。

陣は冴子のことを知っている。戦争中から今に至るまでの経緯も知っている。だから、金の必要な俺に商売の手伝いをさせてくれようとしているのだろう。

しかし、久しぶりの再会の場所が病院というのには、驚かずにはいられなかった。病院を待ち合わせの場所に指定してくるということは、陣が病気ではないのかと思ったのだ。

戦友との再会に期待と不安を抱きながらロビーに入る。その病院はこの辺りで最も病院らしい病院で、最高クラスの設備と人員が揃《そろ》っている。

この御時世にこれだけの病院が存在しているのは好ましいが、実際問題としてはこれだけの設備を内包する巨大な建造物が存在しているということだけでも、奇跡に近い。たとえ、その大きさが何か後ろ暗いことと正比例の関係にあっても、だ。

暗いこと。最近、突然、女性が行方不明になる事件が多発している。各メディアでは、ある日突然いなくなるということから『神隠し』として大々的に扱っていた。

一時、この病院はその渦中にあった。数人の入院患者が、忽然と姿を消したことが原因だ。病院側は患者が、入院費を踏み倒して夜逃げしたのだ、と説明していたが、マスコミ関係者たちも、不十分ではあるものの、少なくとも病院側に責任の一端があることを確定できるだけの情報を握っていた。神隠しにあった女性の一人が、病院内で死体として発見されていたのだ。しかし、結局、病院側の不手際ということで、当時の院長が辞職して、話は収まったらしい。

俺はそんなことを考えながら待合室のソファーに座り、辺りを見回した。病院は、ロビーの中に、待合室と薬局、外来の受付があって、広々としている。見るからに具合の悪そうな老人や、怪我人が車椅子《くるまいす》や松葉杖で移動する中、それに付き添っている看護婦や家族たち。入院患者を見舞っていた面会人。雑多な人々がそれぞれの目的でこのロビーを訪れては、俺の脇をすり抜けて、次々に人が出ていく。外来の患者と面会人がほとんどだった。

陣はなかなか現れなかった。ボーッとしていると次々に患者や面会人たちがいなくなっていく。何かおかしい。そう思ってキョロキョロしていると、ちょうど俺の正面に位置するスピーカーが鳴った。

『午後7時となりました。外来の終了時間です。診察のお済みになった方は、薬局へお急ぎ下さい。なお、本日の面会受付はただいまをもって終了とさせていただきます』

女性の澄んだ声が、スピーカーを通して広々とした病院のロビーに響く。俺は慌てて時計を見た。午後七時。アナウンス通りだった。

俺は自分の腰かけているソファの側《そば》に誰もいないことに改めて気付かされて、頭を抱えた。いきなり人がいなくなった理由がわかった。それはいい。しかし、肝心の陣が来ないのだ。

　ひたすら待っている俺をまるで無視して、ロビーの照明が消される。非常口の位置を知らせる電灯と、各所の非常灯だけが俺に与えられた唯一の明かりになった。

　ロビーの奥の方、ナースステーションという看板が見える方向から、コツ、コツ、コツ、と床を鳴らして靴音が近づいて来たのは、そんな時だった。看護婦だろうか？

　俺は立ち上がろうかどうか迷った。看護婦だとしたら、面会時間を過ぎてもロビーにいる俺に帰れと言うはずだ。

　しかし、俺の視界の隅に現れた人物は、看護婦ではなく、俺の良く知る人物だった。

「よぉ、待たせたな、正樹」

　陣だ。陣は以前と同じように俺に笑いかけてきた。ただ、少しだけ以前と違うような気もする。俺は奇妙な違和感を覚えた。

「こんなところで立ち話もなんだし、とりあえず付いて来てくれ。話はそこでしようぜ」

　陣は俺を先導して、非常灯で照らし出された薄暗い通路を真っ直ぐに引き返していく。

　俺は黙ってその後を付いていった。

　少しすると、鉄の扉があった。見るからに頑丈そうだ。陣は扉を無造作に開く。入口を抜けると、途端に暗さが増した。非常灯すら設置されていない通路。今までカツーンカツーンと響いていた靴音が、反響の仕方を変える。それは明らかに構造の異なる建物だった。

「ここだ。入ってくれ」

緊張していた俺の背中を押して陣は部屋に入る。すると自動で照明が点いた。それでも、部屋の中は薄暗い。

そこは普段から使われている部屋ではないようだった。部屋には窓があり、ここが地上であることを教えてくれてはいるが、カーテンが窓の外と中を完全に隔絶している。

「暗いな」

陣はそう呟《つぶや》きながら、カーテンに手を伸ばしてサッと引く。すると、暗闇に慣れ、薄い照明に慣れていた俺の目にはキツイほどの明かりが室内を照らした。月だ。

やがて、今まではっきりとしていなかった室内の様子がぼんやりと見えた。部屋には、マットにシーツを敷いただけの簡素なベッドが一つあるだけだ。病室だろうか？　そう思ったが、それにしては、清潔感がないような気がした。

「それで、なんだ、話というのは？」

いろいろ考えても仕方ないと思い、俺は早速本題に入ることにした。

「まぁ、そう焦るな。もう少し待っててくれ。すぐに来ると思うから」

「もうすぐ来る？　誰が？」

窓から外を眺めだした陣に訊《き》いても、答えはない。が、ドアを外からノックする音が聞こえてきたのは、ちょうどその時だった。途端に、陣がくるりとドアの方を振り返る。

「来たか、入れ」

「失礼……します」

陣の指示に従って入ってきたのは、看護婦らしき女だった。俺は一瞬、呆気《あっけ》にとられた。白衣を着た、どう見ても看護婦といった娘と陣を交互に見やる。陣はふてぶてしく笑うだけで、一方の看護婦も俯《うつむ》いて俺と視線を合わせようとしなかった。

「どうした、正樹。病院に看護婦がいて、なんの不思議がある？」

陣はそう言ったが、俺はその次にとった陣の行動にさらに驚かずにはいられなかった。陣がにやにや笑いながら看護婦らしき女の後ろに回りこみ、羽交い締めするように抱きしめたのだ。看護婦は微動だにせず、ただされるがままになっている。

「まぁ、少し落ち着こうぜ」

陣はニヤリといやらしい笑みを浮かべながら、看護婦の身体から手を離し、粗末なベッドに腰かけ、俺も座るように手招きしてきた。俺は渋々ベッドに腰かけた。

「で、冴子はどうなんだ？」

陣は突然に、冴子のことを切り出してきた。

「人がいるんだぞ？」

俺は小声で囁《ささや》くが、陣は立ったままの看護婦にわざと聞こえるように大声で答えてきた。

「人間一人養ってくのには金が掛かるわなぁ。え、千里《ちさと》、お前もそう思うよなぁ？」

陣の問いに看護婦の女、千里は答えなかった。千里はビクッと過剰に反応したのだが、どうやら俺たちの会話を聞いてはいなかったようだった。

「ちっ、俺の話を聞いていねえとは、失礼なヤツだな。正樹、お前もそう思うだろう？」

同意を求めてくる陣に対して、俺は怒りを覚えた。

「陣！　お前！」

俺は勢いをつけて陣のシャツの襟に掴《つか》み掛かった。

「正樹、なんだ？　この手は？」

陣は、襟を掴む俺の手を軽く叩《たた》く。その鋭い眼光は、冷たく俺の瞳を射抜いていた。

その視線を浴びて初めて、俺は陣に対する違和感の正体を知った気がした。陣の瞳はあの時のまま、いや、あの時以上に鋭く、ギラギラとした光を放っている。俺が陣に対して抱いていた違和感の正体は、陣が軍にいた時と変わっていないことだったのだ。

「正樹、この看護婦なぁ、俺の奴隷なんだ」

俺は度肝を抜かれ、思わず手を離した。何の脈絡もなく、そんな話をする陣も陣だが、奴隷という言葉を聞いたこと自体がショックだった。

「おい、お前は薄汚ねえ奴隷だよな」

陣が看護婦の千里に問いかける。千里は俯いたまま、ビクッと反応した。

「はい……わ、私は……薄汚い……奴隷です……」

消え入るような声だったが、千里という女は、呆気なく陣の言葉を認めた。俺は愕然《がくぜん》とせずにはいられなかった。

「そういうわけだ、正樹。奴隷に何聞かれたっていいじゃねえか？　そう思うだろう？」

陣の言葉など耳に入らなかった。この女が奴隷？　俺は千里を凝視せずにはいられなかった。

「で、どういうことなんだ？　俺は、お前の奴隷を自慢されに来たんじゃないんだぞ」

「まぁまぁ、落ち着きなって。実を言うとな、千里は俺の所有物じゃないんだ。預かってるって……言った方が、いいだろうな」

俺は陣の言っている意味の半分も理解できなかった。想像力を総動員しても、俺の得られた結論は至極陳腐だった。陣は、俺に自慢するために誰かから奴隷を借りた……というのが、俺の想像力の限界だった。肝心の千里は俯いたままだ。

「もういい。お前の茶番に付き合っているほど暇じゃないんだ。じゃあな」

俺は呆《あき》れ返って立ち上がり、陣と千里に背を向けて、ドアノブに手をかけた。すると、陣が大声で声をかけてくる。

「真面目《まじめ》に働くかぁ？　テメエ一人の面倒《めんどう》もみられねえハンパもんが」

陣の言葉に俺は返す言葉が見つからなかったが、とにかく悔しかったので、振り返って陣を睨《にら》み付けた。そこで目に付いたのは、陣の身なりだった。上等のジャケット、パンツ、そしてシャツ。どれも俺の手が出るような品ではない。

「ちっ、今頃気付きやがったか。この俺様の特注のスーツによ」

俺の視線が、自分の服装に注がれていることに満足した様子で、陣は表情を崩し、ドアの前で固まっている俺に近付き、肩を抱くようにして耳元で囁いた。

「奴隷を調教すれば、金が入るぜ。今の世の中、そのぐらいのワルはいくらでもいるんだ」

俺は陣の顔をマジマジと見た。しかし、陣は表情一つ変えずに続ける。

「俺もやってる。お前もやれ。な、やり方は俺が教えてやる」

「ちょ、ちょっと待て」

「ちょっと待てじゃないだろ。俺を見ろよ、いい服を着て、うまいもんを食って、女も食いたい放題だ。悪い話じゃねえだろう？」

初めこそ拒絶していたものの、陣の猫撫《な》で声は、さながら悪魔の囁きにも似ていた。

「でも、陣、俺には……」

「いいや、お前は出来る。な、試しにやってみればいいじゃねえか」

確かに、陣の言うとおりかもしれない。試してみる価値は十分にあるように思える。

「奴隷調教はいいぜぇ」

陣はそう言いながら、ちらりと千里に目をやる。千里はただ俯いて黙って立っている。

「どうだ、やってみる気になったか？」

陣に訊かれても、俺は黙っていた。陣の言う奴隷調教という商売のメリットはよくわかる。しかし、人間を物として扱うことに俺は激しい違和感を感じていたのだ。

「わかった。論より証拠だ。千里！」

黙ってただ立っていた千里が、ビクッと反応して、陣を見る。陣は千里に目配せをすると、さっと俺から離れた。

「は、はい……。あ、あの、正樹さん、ベッドに座って下さい……」

千里は必死の形相で俺を見つめている。俺は陣に視線を向けた。陣は千里に向かって、殺意すらこもった視線を向けている。俺が言うとおりにしてやらないと、千里は陣に何かされるのだろうか？

俺は目の端に映る陣の凶悪な笑顔に急《せ》かされるようにして、仕方なくベッドに腰を下ろした。すると、今まで突っ立っていただけの千里が、突然、俺の前までやって来る。

「さぁ、千里、たっぷり奉仕しろよ」

陣の言葉に急かされるように、千里は俺のズボンに手をかけるとベルトを外し、器用にズボンと下着を一緒に引き抜いてしまった。その手さばきに、俺は奴隷という存在の片鱗《へんりん》を見た気がした。

「ちょ、ちょっと待て」

俺は慌てたが、千里も陣もまったく動じない。千里は俺の肉棒を大事そうに両手で包むようにして、唇を軽く先端に当てる。唇を当てるだけで口の中に入れようとはしない。

「正樹、命令するんだ。練習のつもりでやってみろ」

戸惑っている俺に、陣はそう言ってくる。

「いいから、命令してみろって」

「千里、舐《な》めろ……」

陣の有無を言わせぬ言葉に負けて、俺がそう口にすると、千里は俺の命令を即座に実行した。生温かいその感触は俺の全身を駆けめぐり、言いようのない快感をもたらしてきた。

「くっ」

突然の刺激に思わず声を上げた俺を、千里は上目遣いで見上げる。そして口からまだ膨張しきっていない肉棒をずるりと抜き出して言った。

「気持ち良く……ありませんか？」

俺が答えるより早く、千里は俺の肉棒を口内奥まで含みこみ、口を窄めた。

千里は両の手の平で優しく肉棒を包みこみ、傷口でも舐めるかのように舌を裏筋に沿って這《は》わせてくる。尿道口まで舐め上げたところで、唇を肉幹にかぶせると、一気に喉奥《のどおく》へと亀頭を飲みこんでくるのだ。

千里のしっとりと濡《ぬ》れた粘膜が、肉棒に柔らかくまとわりつき、背筋にゾクゾクと戦慄《せんりつ》が走った。理性というタガが外れ、俺の心は欲望の中へと落ちていく。

「んはぁ、むぐっ」

卑猥《ひわい》な唾液《だえき》の音が静かな部屋の中に響き渡る。千里はスロートを続けながらも、勃起《ぼっき》した肉棒を潤んだ瞳で見つめ、愛しそうに含み直してくる。千里の吐息が触れる度、天を仰ぐ俺のシャフトはピクッ、ピクッと蠢《うごめ》きを見せた。艶《なま》めかしい舌が執拗《しつよう》にカリの部分を這いずり、細く白い指は肉茎から玉袋に渡るまでせわしく動き回るのだ。俺はたまらず呻《うめ》いた。

「くぉぉぉっ」

気が付けば、俺は千里の後頭部に腕を回して顔を引き寄せ、ぐいぐいと喉の奥を突き上げていた。唾液が絡みつき、ヌメりを帯びた肉棒と口腔《こうこう》が激しく擦《こす》れ合う。

「おい、千里。それぐらいにしておけ。もう充分やる気になっているようだからな」

陣がそう言うと、千里はすぐに俺の硬直しきった肉棒を解放した。荒い息を吐いている千里の口から溢《あふ》れた唾液が糸を引いて、俺の怒張との間に粘着質の橋を架ける。

「千里、その偽善だらけの服を脱げ」

陣にそう言われ、千里はしばらく黙っていたが、やがて唇を噛《か》みしめながらも、黙々と白衣に手をかけ始めた。バックルのストッパーを外し、ゆっくりとベルトを引き抜いていく。引き抜かれたベルトは、千里の手からするりと滑り落ちていった。

千里は頬《ほお》を紅く染め、視線を逸《そ》らして俯く。だが、千里は白衣を脱ぐのをやめようとはしなかった。千里の手は襟元のホックへと伸ばされ、ためらいがちの指先は上から順々にホックを外していき、白い肌を露《あら》わにしていった。

最初に俺の目に入ったのは、千里の首元から胸の谷間にかけて繋《つな》がっている縄だった。縄は双丘の中央で結びこまれ、左右に別れて豊満な胸を押し上げるように食いこんでいる。

千里の指先がすべてのホックを外し終えると、白衣が前開きの状態になり、その下には、剥《む》き出しになった白い肌が、縄の隙間《すきま》からはちきれんばかりに顔を覗《のぞ》かせていた。その縄は千里の股間《こかん》にも伸びていて、縦筋に沿って食いこんでいる縄を飲みこむように愛液が溢れ、太股《ふともも》に垂れていっている。

「どうだ、綺麗《きれい》だろ？　正樹」

よく見ると股間の縄の食いこみ口から、バイブまでもが埋めこまれている。そしてその愛液にまみれたバイブからは細いコードが延びていた。

「まあ、見てなよ」

陣はズボンのポケットからリモコンのような物を取り出し、スイッチを押し上げる。途端に、千里が腰をくねらせた。

「あぅ、あんっ」

陣はいったんスイッチを切り、またスイッチを入れる。スイッチを入れられるたびに、身体を反らせる千里を見て、陣は楽しそうに笑い、リモコンを俺に投げてよこした。

「俺は……いい」

ハアハアと荒い息を吐いている千里を見て、俺は陣にリモコンを投げ返した。

「そう言ってられるのも今のうちだけさ。お前もいずれ、俺のようになる。さて、鑑賞会はここまでだ。千里、わかってるな」

「……はい」

千里の肩口からハラリと白衣が滑り落ちた。千里はそのまま股間に手をやり、トロトロと蜜《みつ》を垂らす肉壺《にくつぼ》から愛液にまみれたバイブを抜き取る。

「ううっ」

「じゃ、二人で千里を可愛がってやるか」

陣がそう言うと、千里はゆっくりと、優しく覆い被《かぶ》さるように俺を押し倒してきた。縄が食いこみ、元ある形を歪《ゆが》ませている豊満なバストが、俺の腹部に押し当てられ、そのまま滑らすようにして俺の胸板に擦り付けられてくる。

俺の上に跨《また》がった千里は、そのしなやかな手を俺の股間に持っていき、勃起した肉棒を握りしめると、それを自らの秘処へと導いていく。驚いたことに、千里はそのまま食いこんだ縄を横にずらし、先端部分を入り口に押し当てて、徐々に体重をかけてきたのだった。

「ううっ、くっ、あぁぁっ」

潤みきった肉壺の中にずぶずぶと俺の肉茎が埋めこまれていく。最深部まで沈みきったところで、千里が甘い吐息を漏らした。

「どうだ？　千里の中は？　なかなかのもんだろう」

陣に訊かれても、俺は黙っていた。千里の潤んだ瞳が俺を見ている。

「じゃあ、俺はこっちをいただくとするかな」

陣はそう言うと、千里の尻肉を掴み上げてグッと左右に掻《か》き分ける。剥き出しになった菊孔に、猛り狂った剛直をあてがう。

「ひっ、あぅぅっ、いやぁぁっ」

千里は悲鳴を上げたが、陣はぐいぐいと尻肉を引き付け、強引に脈打つ肉棒をねじこんで一気に後ろの穴を貫いた。

「ほぅら、根本までずっぽりだぜ」

陣は腰を引き、すぐさまズンッと肉棒を最奥まで突きたてる。千里はたまらずに悲鳴をあげる。

「うっ、くっ」

千里の喘《あえ》ぎ声につられて、俺はとうとう声を洩らした。すると、陣が口元を緩める。

「そうだ、そうやって淫欲《いんよく》の世界に身を投じれば楽になるんだぜ」

陣は燃えるように腫《は》れ上がった千里の後ろの穴を肥大した肉棒でなぶり倒し、吸い付くような感触を確かめるように腰を振る。陣の動きで千里の身体が大きく前後に揺さぶられた。結合部が擦れ合い、卑猥な音とともに、とろけるような快感が俺を痺《しび》れさせた。

「あっ、はぁぁっ、んっ、んぅぅっ」

なすがままに嬲《なぶ》られているというのに、千里は甘い声を洩らし始めている。陣が腰を動かすたびに、俺のペニスが千里の中で前後左右に肉壁を削り、潤みきった肉孔を押し広げていく。

「お前も動けよ、千里ォ！」

千里はすぐに陣の動きに合わせるように腰を浮かせて、俺の肉竿《にくざお》の先端が顔を見せそうなところで、一気に体重をかけて押し沈めてきた。結合部から卑猥な粘液質の音が洩れる。肉壺からトロトロと溢れ出した汁が淫《みだ》らに内股《うちまた》を伝って流れ落ちていった。俺の下半身に千里が腰を押し付けると、その細かく泡だった粘液が弾《はじ》けて、淫らな音とともに飛び散るのだ。

俺は次第に快楽に飲みこまれていった。もうどうでもいい。そんな気持ちが、俺を支配し始めたのだ。

「うおぉぉ」

俺はいつしか叫び声をあげ、千里の剥き出しの乳房を鷲掴みにした。手の平いっぱいに、柔らかくむっちりとした柔らかな感触が広がる。そして、千里の腰の律動に合わせて上下に揺さぶってやった。真っ赤に染まった縦割れは裂けるほどに押し開かれ、怒張が躍るたびに肉ヒダは巻きこまれて乳白色の泡汁を溢れさせている。

「いいぞぉ、正樹！　この天使面した雌豚をお前の白濁汁で汚してやれ！」

　陣に言われるまでもなく、俺は激しく腰を突き上げる。千里も狂ったように腰を振り立て蜜まみれの尻を震わせた。下から、後ろから、媚襞《びへき》を削り上げる肉棒の衝撃に千里は哭《な》き、悶《もだ》え狂っている。

「あぅうっ、ひっ、ひぁぁぁぁっ！」

　千里は声を上擦らせ、身体をブルブルと震わせて仰け反った。肉壺の中の媚粘膜が一気に収縮して、奥までねじこんだ俺の肉棒を締め上げてきた。

「うくっ、いい締まりだ！」

　陣がそう言うのと同時に、俺も呻いた。もはや我慢しきれるはずもなかった。俺はすべての欲望を解き放った。俺と陣の精液が千里の身体の奥深くで勢いよく飛沫《しぶき》を上

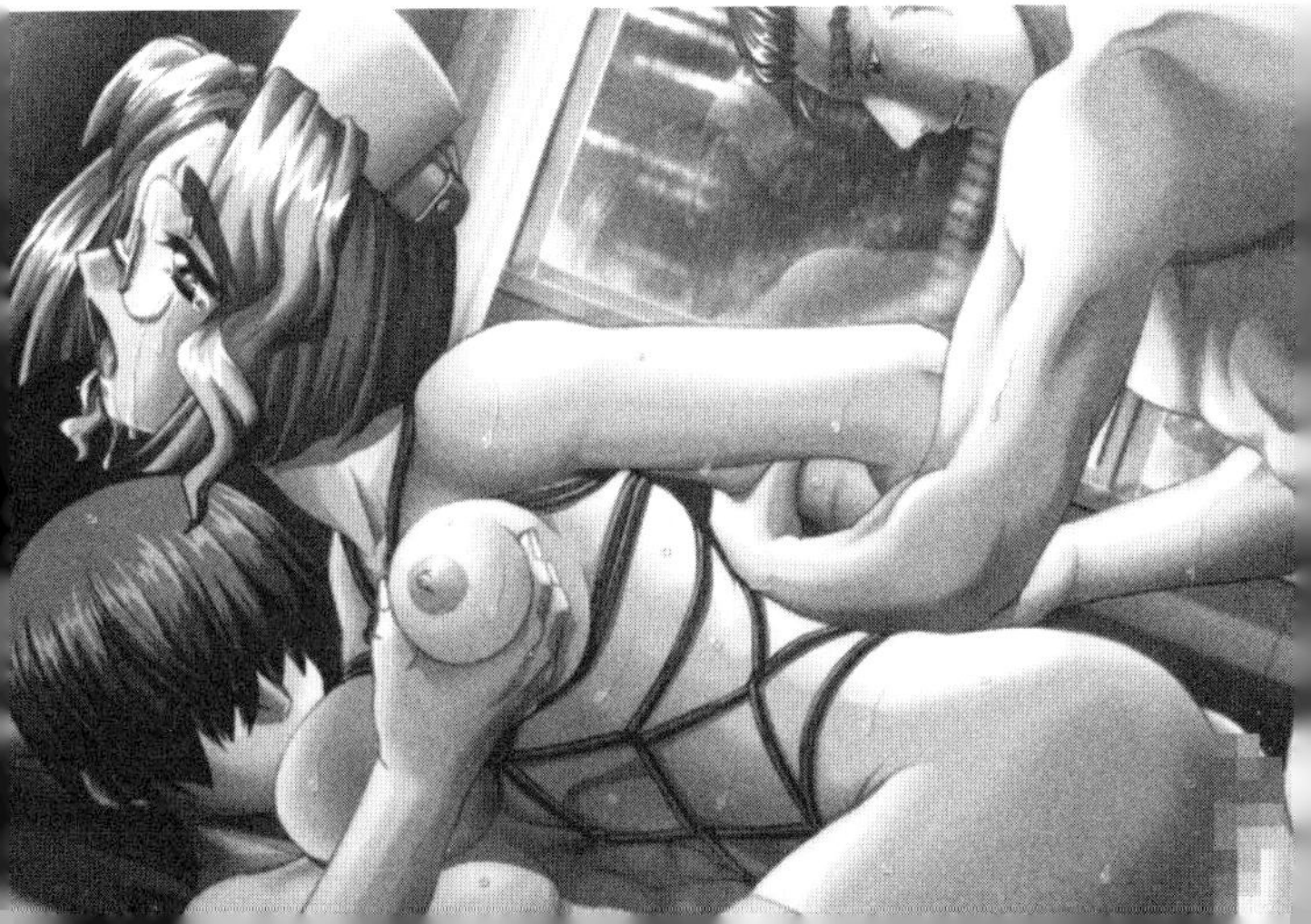

げる。

「あぁぁ……」

千里はパクパクと口を開け、ガックリと俺の上に崩れ落ちてくる。俺は荒い息を吐きながらも、そんな千里の身体を払いのけた。

「なかなかだったろう？」

陣にそう訊かれ、俺は言葉に詰まった。実際に奴隷として調教を受けている千里を目の当たりにして、そしてそれを実際に試してみても、実感というものが湧かなかった。

「まあな」

曖昧《あいまい》に答えるしかなかった。俺はとりあえず話をそらそうと考えたが、俺よりも陣の方が切り替えが早かった。

「なあ、千里。正樹にまた会いたいか？」

俺は陣の言わんとすることが、よくわからなかった。陣の言葉に、千里は一瞬躊躇《ちゅうちょ》したが、俺をチラチラと横目で見ながら小さく頷《うなず》いた。

陣は満足そうに微笑《ほほえ》むと顎《あご》をしゃくって命令した。

「アレを渡せ」

千里は下半身を引きずるようにして、俺に近づいてくる。千里は荒い息を吐きながら俺の目の前までやってくると、両手で恭しく小さなプラスチックのケースのような物を差し出した。俺が何も言わず黙っていると、千里が口を開いた。

「私のバイブのリモコンです」

「正樹、試しにいじくって見ろよ。喜ぶぜ」

　俺は言われるままに千里の秘裂にバイブを押しこみ、スイッチを軽くスライドさせる。するると、呻き声とともに、千里がビクッと身体を反らし、尻をペタンと床についた。

「どうだ、面白いだろう。そうだ！　これを合図に使おうぜ。どうせ千里は普段からバイブを入れてるし、正樹にしばらくそのリモコンを預けるから、もしその気になったらスイッチを入れてやってくれ」

「スイッチを入れたらどうなる？」

「決まってるだろう？　千里が、ここに来るんだよ」

　凶悪な笑顔を浮かべて言い放つ陣だったが、ふいに首を捻った。

「いや、ここじゃマズイな。この病院の地下に、いくつか部屋がある。そこを使え」

「ちょっと待ってくれ。スイッチを入れなければ、どうなるんだ？」

「どうにもならないさ。しかし、そんなことはなさそうに思えるけどな」

　陣の絶対的な自信はどこからやってくるのか、興味は尽きないが、当面そんなことは問題ではない。陣の仕事を手伝うかどうか、それが問題だ。

「いつまでへたりこんでんだ、立てよ、千里」

千里は陣に腕を強く掴まれると、そのまま引っ張られて無理やり立ち上がらされた。

「ほら、お前からもお願いしないか」

陣に小突かれて体のバランスを崩し、千里は俺に寄り掛かってくる。

「また、可愛がって下さい……お、お願いします……」

千里は消え入りそうな声で告げると再びバランスを崩して床に倒れた。俺は千里を助けようかとも思ったが、陣がそれを制止した。

「気にするな、感極まってってやつだ。まあ、千里のことは、とりあえず仕事に慣れるための練習台とでも思ってくれればいい」

「練習台？」

「ああ、千里は今更調教の必要がねえからな。お前は奴隷に出来そうな女引っ張ってきて、それを調教するんだ。それにはまず慣れる必要がある。病院に来れば、いつでも相手するように言っておくから、せいぜい千里を可愛がってやってくれ」

「いや、やっぱり、俺は……」

そう言いかけた俺の側に陣は近寄ってくると、耳元で悪魔の言葉を囁きかけてきた。

「冴子……もっと良い暮らしがしたいだろうになぁ」

陣のその一言は、俺にとって最後の通告だった。俺はもはや逆らう術《すべ》を失っていたのだ。

「わかった……」

「OK、いい返事だ。ま、予測済みだったけどな。ただし、これで終わったわけじゃない」

「どういうことだ？」

「お前を試させてもらう。お前が、こっち側の人間としてふさわしいかどうかを試させてもらうのさ」

　俺は陣の言っていることがよくわからなかった。

「そうだな、十日、よし、十日だけやる。その十日の間に、俺の納得出来るだけの奴隷を連れてこい。そしたら……金をやる」

「もし出来なければ？」

　陣は不敵に笑った。

「これはギャンブルみたいなもんさ。ハイリスク、ハイリターン、だよ」

　楽しげに笑う陣とは逆に、俺は激しく後悔をしていた。楽に金儲けが出来るわけはないとは思っていたが、まさかこんなことの片棒を……いや、実行犯だ。俺は、今世間を騒がせている「神隠し」の実行犯にされようとしている。

　俺は激しい後悔とともに、陣と別れ、病院を後にした。

　自分の部屋に戻ってきて、俺は辺りを見回す。いつ見ても、殺風景な部屋だった。パイプベッドと簡素な棚。そしてキッチンには、コップがいくつかあるだけだ。

　ここは内戦終結後、この辺り一帯が復興を始めた時に、ベッドタウンとして使われていた場所だ。しかし、街の復興を終えると、住人のほとんどが中心部に引っ越していったために、取り残されて廃墟同然になってしまった。そういうわけで、俺は誰も住んでいない、このアパートを使わせてもらっている。俺が普段生活しているのは、一番状態の良かった部屋だが、このアパートにはたくさんの部屋がまだ残っているのだ。それに、ここの地下には小さいがちょっとした物置がある。他にもいくつか部屋があるので、複数の女を調教するために使うのも手かもしれない。ずっと使うこともなく、ほったらかしにしていたが、まさかこんなことで使用するようなことになるとは、皮肉なものだ。俺はふうっとため息をつき、着替えもせずにそのままベッドへと身体を投げ出した。

目を閉じて眠りにつこうとしたが、陣の言葉と調教された千里の姿が、どうしても頭から離れない。本当に俺に奴隷調教が出来るのか？　自問しても、答えはない。自分で導き出すしかないのだ。すべてはこれからだ。俺はそう思った。

第二章　花売りの少女

女を奴隷にする。そんなことが俺に出来るのだろうか？　朝、目が覚めても、陣の「お前なら出来る」という言葉が頭から離れなかった。考えるのはそのことばかりだ。

俺は仕方なく家を出た。が、行くところなどあるはずがない。ブラブラと歩いているうちに、気が付けば、俺はスラムに入りこんでしまっていた。

スラムというだけあって、汚らしい建物がひしめき合っている。歩道というような場所がほとんどなく、家のない人々のたまり場になっているところだ。

そんなことを考えながら突き当たりの角を曲がったその時、俺はふと、妙なものを見た。小さな女の子だ。かわいそうなくらいみすぼらしい身なりの少女が、小さなカゴいっぱいに詰まった花を売り歩いている。俺は思わず立ち止まり、少女の行動を黙って見ていた。

場所が悪いこともあるだろうが、少女が持っていた花はほとんど売れない。街に出て、もう少し売れそうな場所を探した方がいい。俺はそう思った。ここの連中は自分の生活だけで精一杯な奴らばかりだからだ。

仕方ない。俺が買ってやるか。そう思った矢先だった。少女が通行人に突き飛ばされ、カゴの中の花が派手に散らばったのだ。

少女は、緩慢な動きで、のそのそと花を拾っていった。本当にみすぼらしい少女だった。服はボロボロで、髪の毛はバサバサだ。

俺は黙って少女に近づいた。しかし、少女は黙々と花を拾い続けている。

「ひとつもらうよ」

俺は黙って足元に落ちている花を一輪を拾って言った。少女は俺の行動を黙って見つめている。そして俺は、花一輪には払いすぎだろうという金額を、荒れた小さな手に握らせた。そのまま少女はじっと俺を見つめていたが、俺は何も言わずにその場を去った。

やれやれ、俺はいったい何をやっているのだろう。時間は十日しかないのだ。そんなことを考えながら歩いていると、不意に後ろに気配を感じて、立ち止まった。それが誰かはすぐにわかった。さっきの少女だ。

まあ、たまたま帰る方向が一緒で、しかも俺は客なのだから、お愛想をするのは普通だし、何かの遊びかもしれない。俺はそう思い、まっすぐ帰ることにした。

家の中に入っても、俺はなんだか落ち着かなかった。そんなわけはないだろうとは思いつつも、花売りの少女がここまで付いて来ているのではないかという考えが頭を離れないのだ。

我慢できなくなり、外を覗《のぞ》いてみると、そこには、予想通り、あの花売りの少女がいた。玄関先にポツンと立って、じっとドアを見つめている。

少女は一向に帰る気配を見せない。いったい俺にどうしろというんだ？　だいたい、この少女はここで何をしているんだ？

しばらく根比べをしていたが、そのうちどうでもいいような気分になって、俺は仕方なくドアを開けた。それでも、少女はただ黙って、じっと俺を見上げている。

「なんだかよくわからないが、入れよ」

「あの、あ、ありが……とう」

ぼそっとそれだけ言うと、少女は小さく頭を下げて、ゆっくりと部屋に入ってきた。

「お前、自分の家は？」

そう訊《き》いても、返事はない。少女からなんらかの反応があると期待して言ってみたのだが、何も反応はないのだ。

「……風呂だな」

俺はため息をつきながら、そう言った。とりあえず、この少女を少しでも綺麗《きれい》にしてやることにしたのだ。会話によるコミュニケーションが不可能だから、体でコミュニケーションを図ろうということではない。本当に汚いから、綺麗にしようと思っただけだ。

少女を風呂場に連れて行き、そのまま居間に戻ってくる。と、俺は大きなため息をついた。いったいあの少女はどこから来たのだろう？　まったく見当もつかない。俺の同情を引いて、風呂や食事にありつこうとしているのだろうか？

いくら考えても、すべては推測に過ぎず、抜本的解決には結びつかなかった。とにかく、本人に訊くのが一番だ――と思ったのだが、遅い。女の子だから、風呂が長いのかも知れないが、それにしても遅い。

とりあえず、俺は風呂場に行ってみることにした。ひょっとしたら、溺れているということだってあり得るかもしれないのだ。

「なにしてる？」

俺の問いに少女は答えようとはしない。俺は風呂のドアを開け、少女を見た。服は脱いでいるのだが、少女は裸であることを隠そうともしない。風呂場で、ただ黙って座っているだけなのだ。

「風呂の使い方がわからなかったのか？」

少女は申し訳なさそうにしている。図星だったようだ。

「教えてやるから、覚えろ」

俺はため息をつきながらも、これ以上ないほど丁寧に風呂の使い方を教えてやった。

「俺が洗ってやるよ」

まったくなんで俺がこんなことしなくちゃならないんだ？　そう思いながらも、俺は細い少女の頭からシャワーでお湯をかけてやった。少女の体は、すぐに白く滑らかになっていく。

「さて、風呂にも入ったし、そろそろ名前ぐらい教えてくれてもいいだろう？」

少女は俯《うつむ》いたまま口を動かした。

「……未菜《みな》」

「みな……お前は未菜って言うのか？」

「……うん」

なんとか聞きとれるぐらいの小さな声で、未菜は頷《うなず》いた。

「家は、どこだ？」

俺の問いかけに未菜と名乗った少女は、黙りこんだまま答えようとしなかった。何度、問いかけても返ってくる答えはない。

「わかったよ。気が済むまでここにいればいい。どうせ俺以外、誰もいないからな」

俺は呆《あき》れ返ったように天井を見上げ、そのままバスルームを出て、倒れるように床に寝ころんだ。

「お兄ちゃん、ありがとう」

未菜は、とても嬉《うれ》しそうに微笑《ほほえ》むと俺に対して、そう言った。そして、寝ころんだ俺の身体の上に飛び乗ってきた。

「俺はお兄ちゃんじゃない」

そうは言っても、まあいいか、という気分にはなっていた。だが、未菜の体は綺麗になったが、ほかに着るものがないので、ボロのままだ。どうにも落ち着かない。

しかし、他人の俺がどうこう言えることではないので、放っておくにした。それに俺にはやらなければならないことがある。家で見ず知らずの少女と一緒にじっとしていても仕方がないので、俺は再び外に出た。そうすれば、未菜も自分の家に帰るだろうと思ったのだ。しかし、思った通りというか、未菜が付いて来てしまったのだ。

「おい、未菜。お前、自分の家に帰れない理由でもあるのか？」

後ろを向かずに、未菜に問いかける。返事がないのはいつものことだが、気配すらないのはどういうことだろう。そう思ったとき、ふいに店のショーウィンドウが視界に飛びこんできた。未菜はその前にいたのだ。女物の服を扱う店のようだった。

未菜はじっと、そのショーウィンドウの中の服を眺めている。可愛らしい感じのドレス、というよりは、ワンピースなのだろうか、よくわからないが、未菜はそれに見入っている。欲しいのだろうか？　いや、欲しいに決まっているだろう。誰も好き好んでボロを着ているわけがないのだ。

「……未菜、来い」

迷った末、俺は未菜の手を引いて店に入っていった。そして、店員にすぐに声をかけた。

「表に出ているあの服、この娘に合うサイズはないか？」

「そちらのお嬢様に合うサイズですね、かしこまりました」

店員はにこやかに笑い、未菜を奥に引っ張っていった。

「お兄……ちゃん」

店員に選んでもらった服を着た未菜は、もじもじと上目遣いに俺を見上げてきた。どうやら照れているらしい。

店の奥の方から戻ってきた未菜の印象はガラリと変わっていた。はっきり言って、可愛い。人間服装だけでここまで印象が変わるものか……などと真剣に思ってしまったほどだった。

「可愛いぞ、未菜」

「本当？」

俺が頷くと、未菜は、ぱっと表情を明るくすると、にっこり微笑んで言った。

「あ、ありがとう……お兄ちゃん」

俺たちは支払いを済ませて店を後にした。未菜は上機嫌だった。決して安い買い物ではなかったが、これはこれで良かったかもしれない。

「俺はまだ用事があるから、外に行くが、どうせ帰るところがないんだろう。お前は部屋で大人しくしていろ。俺は仕事に行くんだ。わかるな？」

仕事――まぁ嘘《うそ》はついていないだろう。生活がかかっているという点においては、間違いなく「仕事」なのだ。

「留守番、一人で出来るな？」

家に帰ると、俺は未菜にすぐさまそう言った。

「う、うん。未菜、わかった。……いってらっしゃい、お兄ちゃん」

俺は未菜に見送られて、家を出た。とはいっても、俺に行くあてがあるわけではなかった。仕事——そう、奴隷となる女を探すためにはどこに行けばいいのか？　見当もつかなかったが、とりあえず街の中心にある３ＤＴＶ前の広場に行くことにした。

３ＤＴＶ前。多くの若者がこの場所で待ち合わせをする。理由は簡単だ。目の前に暇を潰せるモノがあるからだ。立体投影式のプロジェクターを地面や近隣の建物の壁に埋めこんであるので、場所をとらずに大きなスクリーンを使って様々な映像を見せてくれる。要するに、次々に色々な映像が映し出されて、退屈しないで済むのだ。

俺がキョロキョロしながら歩いていると、ふいに３ＤＴＶに目がいった。なんとなく、上を見上げると、３ＤＴＶには、えらく派手な衣装に身を包んだ若い女が唄《うた》っているところが映し出されている。俺はその巨大な映像をゆっくりと見上げていった。

アイドルか。くだらないな。俺はそう思った。そうは思いながらも、俺は映し出されるビジュアルを見上げていた。確か、ソフィア・アレクシーヴとか言ったはずだ。たしかに彫りの深い整った顔立ちには、素直に美形だと認めさせるものがあるが、ただそれだけだ。俺に必要なのは、アイドルではなく、手近な女なのだ。そう思って辺りを見回しても、めぼしい女はいなかった。

いくら待っても収穫がありそうにもなかったので、俺はそのまま家に帰ることにした。時間は十日しかない。だが、焦っても仕方ないのだ。

自分の部屋に入るとベッドの上に未菜が、ちょこんと座って待っていた。俺の姿を見るや、信じられないスピードですっ飛んできて、俺に抱きついてくる。

「お帰りなさい、お兄ちゃん」

未菜の小さくて柔らかい体の感触に、俺は目眩《めまい》を感じた。未菜をめちゃくちゃにしてやりたい！　そんな衝動が疲れた俺の脳裏を唐突に駆けめぐる。それは突然の衝動だったが、未菜とて女だ。俺の鼻には未菜の甘い香りが、媚薬《びやく》のような効果を及ぼしてきたのだ。

「どうしたの、お兄……ちゃん。お仕事疲れたの？」

俺が黙っていると、未菜は勝手に言葉を続けた。

「そうだよね。お仕事って大変だもんね」

未菜が俺を気遣ってくれているのはわかる。しかし、その労《ねぎら》いの言葉も今の俺には、媚《こ》びの入った甘ったるい囁《ささや》きにしか聞こえなかった。俺はどうかしてしまっているのだ。なんとか未菜に対して、そういうことを強いてしまいそうになるのを押さえようとするが、どうしても我慢できない。しかし、未菜はそんな俺にまるで気付いていないようだった。

「未菜、出て行け」

「ど、どうして？　お兄ちゃん、未菜、何か悪いことしたの？」

俺の言葉に未菜は、一瞬言葉を失い、目をパチクリさせている。

「未菜、いい子になるから、ずっと一緒にいさせてよ、お兄ちゃん！」

未菜は必死に俺にすがりついてきたが、俺はその未菜をいとも簡単に引き剥《は》がした。

「これから家を空ける。その間に出て行け」

俺は一方的にそう言うと、未菜に背を向けた。

「どうしてなの？　お兄ちゃん、未菜のこと、嫌いになっちゃったの？」

「俺はお前を犯したい――そう思っている。だが、俺はお前を襲いたくない。だから、出て行け」

冷たいことを言っただろうか？　いや、未菜のためだ。これでいいはずなのだ。

だが、未菜は一向に部屋を出ていく気配を見せなかった。じっと俺の背中に視線を投げかけているのだ。

「どうして出ていかない？」

俺がくるりと振り向くと、未菜は黙って俺を見つめていた。

「俺は家を出ろ、と言ったんだぞ。それなのに家に残ろうとしている。これがどういう意味か、わかっているんだろうな？」

俺は未菜の顎《あご》をつかんで顔を引き寄せた。背の低い未菜は、つま先立ちになったまま、じっと俺の目を見ていた。しかし、その瞳にその瞳に不安の色は見て取れるが、恐怖は感じることができない。

「わかった。どうなってもいいんだな？」

そう言って未菜の顎を離すと、未菜は「あっ」と悲鳴をあげて身体のバランスを崩し、床に尻餅をついた。かすれた悲鳴とともに、軽く床が揺れた。

「着ている服をすべて脱ぐんだ」

冷たく言い放っても、未菜の返事はない。

「聞こえないのか、早く脱げ！」

俺に子供を叱《しか》りつけるように命令すると、未菜は身体をびくっと震わせ、急いで着ている服を脱ぎだした。洋服がよほど大切なのか、その場に脱ぎ捨てずに、綺麗に折り畳んで部屋の隅に置きにいく。その間に俺は服を脱ぎ、戻って来た未菜の前に、まだ勃起《ぼっき》していない肉棒を突き付けた。

未菜は目を見開いて驚いている。唇を震わせて、俺の肉棒を震えながら見つめていた。

「さぁ、これをくわえるんだ」

未菜の髪をつかみ、半開きになっている唇に先端を押し付けた。

「うっ、ううううっ」

淡いピンク色の唇が割り開かれ、浅黒い肉棒を受け入れていく。だが勃起していないとはいえ、未菜の口には大きすぎるのか、なかなか中へ入らない。俺は未菜の髪を引っ張り、くわえこむように促した。

「あぅ、うぅっ」

未菜は苦しそうな悲鳴をあげ、もごもごと口を動かしペニスを吐き出して激しく咽《む》せた。目尻に涙を浮かべて、俺を見上げてくる。哀願するような眼差しに、俺はなぜか胸の奥から沸き上がる怒りを感じずにはいられなかった。

「何をやっているんだ！」

俺は怒りをぶつけると、未菜の鼻を摘んで口を無理やり開かせ、肉棒をねじこんだ。先端がしっとりとした頬《ほお》の内側の粘膜に当たり、震えるような快感が走った。さらに粘膜の柔らかさを味わうように、何度も先端を押し付ける。そのたびに頬に亀頭の形が浮き出て、未菜の可愛い顔が醜く歪《ゆが》んだ。

「ううう っ、んぐぅぅっ」

未菜は虚ろな瞳からは涙を流し、俺に苦しみを訴えかけてくる。

「未菜。俺の側《そば》に居たいんだろう？　言うことを聞くんだ。わかったか？」

俺の問いに対して、未菜は小さく頷く。そして、恐る恐るといった感じで震える手を肉棒に添えた。柔らかな手が浮き出た血管を刺激し、俺の肉棒が激しく脈動を繰り返す。

ちゅっちゅっと音をたてる度に、赤みのかかった未菜の頬がへこむ。上目遣いで俺の機嫌を伺うようにしながら、スロートを繰り返し、俺が悦《よろこ》びの表情をしているのを見ると、さらに一生懸命に吸引してくるのだ。

「いいぞ！　思いっきり吸い上げろ！」

未菜は口を窄め、精一杯吸い上げてきた。俺は我慢しきれなくなり、未菜の顔をがっしりとつかんで固定すると、濃厚な精液を未菜の口内へと放った。

「ううぅんっ、うぐっ！」

腰を震わせながら、尿道が吹き飛ぶような快美感とともに、未菜の喉《のど》の奥へと白濁の溶岩を立て続けに放出する。大量の生臭い樹液を未菜は受け止めきれず、白濁のザーメンが口の端からこぼれ出し、ボタボタと床に垂れ落ちていく。

「ほら、もったいないだろ。全部飲み干すんだ」

俺は顎をつかんで、口の中に溜まったミルクを飲みこむように促した。未菜はかぶりを振って、抵抗してくる。やがて未菜は、俺の手を振りきって肉棒を吐き出すと、口の中に溢《あふ》れ返る白濁液を逆流させた。

「飲めと言ったのに、何故飲めないんだ！　もういい、出て行け！」

冷たい言葉で未菜を突き放すと、未菜は涙で顔をくしゃくしゃにして、俺の身体にしがみついてきた。何度も俺は引き離そうとするが、未菜はすぐに抱きついてきて、一向に離れようとしない。

「いいかげんにしろ！」

俺は未菜の身体を抱きかかえると、そのままベッドへ座り、膝《ひざ》の上へうつぶせになるようにその身体を置いた。

「そんなに俺と一緒にいたいのか」

「う、うん……」

未菜は泣きながら言ってくる。だが、それでも俺の怒りは収まらなかった。

「だったら言うことを聞けなかった罰として、お仕置きをしないといけないな」

「えっ？」

未菜に四つん這《ば》いの姿勢をとらせ、俺はいきなりその可愛いヒップを平手で叩《たた》いた。尻に走った衝撃に、未菜は息をのむ。

「お仕置きを受けるな？」

しばらく間があったが、未菜は「うん」と答えた。それと同時に、俺は構えていた右手を、尻に向かって振り下ろした。身体を跳ね上げらせて、未菜は痛々しい叫び声を上げた。

再び大きく手を振りかぶると、容赦なく第二撃目を放つ。先ほどよりも、更に高い打撃音が部屋に響いた。

「ご、ごめんなさ……い……」

震える小鳥のように、未菜は涙声で謝った。だが、俺は容赦することなく、一定のリズムを保って、手をかざしては、振り下ろす動作を繰り返す。パシン、パシンと肉を叩く音に続くように聞こえてくる小さな悲鳴が耳に心地いい。

「痛い、痛いよぅ」

やがて未菜は襲いかかる手の平から必死で逃げようともがき始めた。

「逃げるな！　この家から追い出されたいのか！」

わんわん泣きわめいていたのが、俺の言葉を聞いた途端に、唇を噛《か》んで涙を飲みこむ。目をぎゅっと閉じ、おとなしく手の平が飛んでくるのを待っているのだ。

手に走る痛みを省みず、俺は目の前にある腫《は》れた肉塊を叩く。手形が一つ、また一つと増え、全体が赤く腫れ上がっていくのだ。俺が手の平を打ち付けるごとに、尻肉はさらにその赤さを増していった。ただでさえ白い肌と比べれば、どれだけ変色しているのかがわかる。未菜は全身に脂汗を滲《にじ》ませ、両手でシーツを握りしめながら懸命に堪《こら》えていた。

「ひぃぃぃぃいっ」

俺は最後とばかりに、渾身《こんしん》の力をこめて尻を打った。尻を襲った衝撃に、顎を跳ね上げ、背中を反らせて未菜は硬直する。そのまま口を大きく開いて顎をガクガクとさせると、未菜は黄金色をした水を音を立てて吹き出し始めた。それは途切れることなく、緩やかな軌跡を描き、床の上に落ちていく。

「うあ……」

やがて勢いが収まり、すべてを出し終えた未菜は、俺の膝の上でぐったりとなって気絶した。俺はそんな未菜に、包みを渡した。

未菜は一瞬、表情を明るくさせたが、中を見て、すぐに顔を凍りつかせた。

「これは俺のペットになったことを証明してくれる服だ。俺のプレゼントが受け取れないわけじゃないよな？」

「これを着れば、お兄ちゃんのペットになれるの？」

未菜はたどたどしく言葉を紡いで、俺に問いかけてくる。瞬《まばた》きもせず俺の目をじっと見つめる瞳が痛い。だが、俺は躊躇《とまど》うことなく、調教のために用意してあった黒光りするボンデージを未菜の前に差し出した。

それを未菜は受け取ると、不思議そうな目つきをした。黒い光沢に怯《おび》えているのか、唇が微かに震えている。しかし、やがて何か決心したのか、部屋の角へ歩いて行くと、俺のプレゼントに着替えて側まで戻ってきた。

「ベッドの上に四つん這いになるんだ」

こくりと頷くと、未菜は素直にベッドへ上がり、ちょこんと四つん這いになる。俺は後に続いてベッドへ上がり、少し骨っぽい未菜の尻を撫《な》でた。そしてその尻をつかみ、目の前にある小さな秘裂に亀頭をなすりつけた。

「ひあっ！」

冷や水をかけられたように、未菜は身体を震わせると、襲い来る剛直から逃げようとする。が、俺の手がしっかりと尻肉を捕らえているために、身動きを取ることができない。

「痛いぃ！　痛いよぉ、お兄ちゃん！」

弱音を吐いている未菜を無視して、左右の肉を無理やり割り開き、秘裂と尻の穴を包み隠さず露出させた。未菜の秘裂は縦一本の線が入っているだけで、肉ビラなどはすべて内部に納まっている。秘裂の周辺や恥丘などの肌はすべすべとしてツヤを放ち、ヘアどころか産毛すらも生えておらず、女の涙泉を隠すものは一切なかった。

「や、いやぁ、見ないで、お兄ちゃん……」

未菜の言葉を無視し、更に尻を広げ、秘裂を左右に割っていく。縫い目の入った紙のように、ピリピリと裂けていく秘裂の様子が、俺をなんともいえない気分にさせた。

「またおもらしをするんじゃないぞ」

きつく諭しても未菜は返事をしない。俺は半開きになっている秘裂に、怒張を押し当てた。秘裂が完全に引き裂かれて、亀頭が半分ぐらいまで埋まる。俺は柔らかな真珠のようなクリトリスを爪《つめ》で摘み、きゅっと引っ張った。すると、操り人形が紐《ひも》を引っ張られたように、未菜は身体をビクッとさせた。

「う、うう……」

未菜は口をぱくぱくとさせるだけで、何も言えないようだった。俺はそれに構わず、腫れ上がった尻を掴《つか》み直し、ペニスを埋めていく。ギチギチと音を立てて、雁首《かりくび》の一番円周の大きい部分が、秘裂を押し広げる。まだまだ未菜の秘裂の粘膜部分が固く、思うように扉が開かないが、その扉を砕くようにグイグイと圧力をかけた。

「お兄ちゃん、痛い……」

未菜はシーツを握りしめて、必死に痛みに堪えようとしている。その苦しさを表すように、玉のような汗が全身から吹き出していた。ピンク色だった割れ目が赤く充血し、その回りの肌までも赤く腫れ上がる。俺はひと呼吸を入れると、腰を構えて力まかせに無理やり肉棒を押しこんだ。

「くうぁっ！」

かたくなに拒んでいた扉はこじ開けられ、雁首が通過した途端、極太のグロテスクな肉杭が突き刺さるように埋没した。先端に肉壺《にくつぼ》の最奥が当たっている感触で、内部のすべてを肉棒が埋め尽くしたことがわかる。

「はぁ……はぁ……」

呼吸困難に陥ったように、未菜は肩で呼吸を繰り返す。それに呼応して苦しそうに尻の穴が、その呼吸と一緒に開閉していた。

未菜の秘壺は狭く、小さい。媚壁が肉茎を引きちぎりそうなほどの強さで締め付けてくる。俺はゆっくりと肉棒を引いた。ゆっくりと腰を引くと、ルージュで彩ったかのように真っ赤に染まった肉棒が、ずるずると姿を現してくる。破瓜《はか》の血だ。

未菜は相当苦しいのだろう、止めどなく汗が滲み出し、多量に肌を流れる滴はシーツへぽたぽたと電灯の光を反射しながら落ちていく。だが、俺は再び腰を動かし始めた。律動を繰り返すと、ガチガチに固くなった肉棒が、ヤスリのように柔襞を削ぎ落としていく。ただ前後に動くだけでも、締まりのいい肉壺が骨抜きになりそうなほどの快感を与えてくるのだ。俺は未菜の悲鳴を無視して、ストロークのピッチを速くしていった。

「気持ちいいぞ……未菜」

俺は体重を乗せる感じで、未菜の目の前まで顔を近づけると、耳元で囁いた。未菜は俺の身体の重みに腕を折って突っ伏し、ベッドに顔をうずめ、苦しそうに首を振る。

俺はそのままのしかかるようにして、未菜の胸を覗いた。未菜は俺が与えたボンデージを着ている。胸には丸く開いた部分があり、未菜のささやかな胸を卑猥《ひわい》に強調させていた。その胸の先につり下げてある重りの付いたクリップが、切ないぐらいに乳首を引っ張り、少しでも胸を大きく見せようとしている。俺が腰を激しく振ると重りが激しく揺れて、乳首が無惨にも予測の出来ない方向に引っ張られる。

「い……痛いぃ……」

未菜は突如、腰をぶるぶるっと震わせた。

「だめぇ！　おしっこが……おしっこがでちゃうよぉ」

泣きべそをかいて、未菜がおしっこが漏れそうになることを訴えかける。内股《うちまた》がブルブルと痙攣《けいれん》するのを見れば、もう限界なのがわかる。

「我慢するんだ、漏らしたらお仕置きだからな」

そう言いながら俺は腰の動きを止めず、激しく何度も未菜の中で肉塊を往復させた。未菜はおしっこを我慢するためにお腹に力を入れている。そのために、ただでさえ狭い媚壁が、ものすごい締め付けで襲いかかってくるのだ。俺はあまりの快感に耐えきれず、未菜の尻に爪を食いこませると、腰をガクガクと震わせながら射精した。

「やぁぁっ！　で、でちゃうぅ！」

欲望が次々とぶちまけられ、肉壺の中の体積が増えたために、内側から未菜を圧迫する。それに堪えきれなくなった未菜は、おもらしをしてしまったのだ。黄金水がしぶきをあげて、勢いよく吹き出し布団を汚していく。白いシーツは瞬く間に、黄色く染めあげられていった。

「はぁ、はぁぁぁ……」

放尿が終わり、尿道口に残っていた最後の一滴が落ちると、未菜はがっくりとベッドの上に崩れ落ちた。

「漏らしたな、未菜」

低く、凄《すご》みのかかった俺の声を聞いて、未菜は身体を丸めこんで怯えた。

「ごめんなさい、お兄ちゃん……」

「ダメだ、約束しただろ。お漏らしをしたらお仕置きだと」

そう言いながら、怯える未菜の四肢をベルトで拘束する。そして未菜をうつぶせのままベッドに寝かせ、ガラス棒を取り出していくつかならべると、その中から適当な棒を手に取った。

「ひっ！　お兄ちゃん、許して……」

未菜はまな板に置かれた魚のように、身体をよじって必死に逃れようとしている。そんな未菜の腰をしっかりと固定し、尿道の縁に指を当てて引っ張り、棒の先端を穴の中へとあてがってガラス棒を差しこんでいく。中に入ってくる感覚が気持ち悪いのか、未菜は顔をしかめて顔を逸らした。

「うぁぁっ」

秘裂や肛門《こうもん》とは比べ物にならないぐらい敏感な尿道の中を、冷たく固い無機質なガラス棒が踏みにじるように進入していく。その未知の感覚に、クリトリスが怯えるように脈動した。

「痛いっ！」

未菜はベッドの上でぴくっと跳ねた。ガラス棒がデリケートな粘膜を引っ掻《か》いたのだろう。目から潤んでいた涙がこぼれてきている。拘束された身体を、未菜は芋虫のようにもぞもぞと揺らしていた。仕方なく、片手で未菜の恥丘を押さえつけ無理やり動きを封じ、人差し指と中指で尿道の縁を押さえて、左右にぐにゅっと広げて挿入を再開した。

「はぁ……うぁ……」

棒が四センチほど埋まったところで、突然スムーズに動くようになった。先端部分が最奥部に達したのだろう、尿道が完全に開通して、前後に動かしてもまるで引っかかりを感じない。

「くくっ、これだけ広がってしまったら、お漏らししっぱなしになってしまうな」

「いやぁ、お漏らし……したくないよぉ……」

ガラス棒を前後に動かし、たまに円を描くようにして、尿管の粘膜を刺激してやる
未菜は頬を真っ赤にそめて、うっすらと額に汗を滲ませていた。やがて、息が絶え絶えになり、未菜の様子がおかしくなってくる。俺は更に尿道内の棒の動きを加速させていった。

「や……やあぁぁん！」

未菜は嬌声《きょうせい》を上げると、身体をビクッビクッと痙攣させる。未菜は尿道で、イってしまったのだ。

「まさかおしっこの穴でイったのか？」

俺は未菜がイってしまった状態で、さらに尿道の中にある棒をストロークさせる。未菜はまだ衰えない快感に耐えかねて、髪を振り乱して泣きじゃくった。

「この変態め……」

小便がガラス棒を伝って、ちょろちょろと漏れ出してくる。俺は小水を掻き出すように、

尿道の中のガラス棒を素早く動かした。

「ああっ！　やぁぁぁっっ！」

身体をビクビクと痙攣させて、未菜は全身を桜色に染め上げる。やがて痙攣が納まると、魂が抜け落ちたように動かなくなった。

「はぁ、うぅ……」

俺は放心状態の未菜を抱えると、部屋の中央にあった椅子《いす》へ座らせた。椅子から落ちないように、ベルトで固定する。そして、ボールギャグを手に取り、未菜の口にはめて、頭の後ろでベルトで固定した。加えて、ガラス棒より少し太めのカテーテルを取り出し、未菜の尿道に刺しこむ。

「ふぐっ！」

椅子がギシギシと音を立てて揺れた。未菜が目を覚ましたのだ。

「気が付いたか」

未菜は目を見張って、俺に何かを言おうとしているが、口にはギャグを付けてあるために俺には聞き取れない。

「おしっこをすべて出すんだ。いいな」

俺はカテーテルを指先で回して、尿管を内側からねじった。

「ぐぅっ、ふぐんんっ」

透明なチューブの中に、液体が流れるようになるまで、ほとんど時間はかからなかった。はしたない黄金水が、その先にあるビーカーに、見る見るうちに溜まっていく。未菜は、ヒック、ヒックとしゃくり上げながら、悲しい目で俺を見つめた。

「そのうちほどいてやるから。それまでいい子にするんだぞ」

俺はそう言って、優しく未菜の頬にキスをしてやった。すると未菜は頬を赤く染める。俺のキスがそんなにうれしかったのか、笑顔を見せるとこくりと頷いた。

だが、床に視線を落とすと、すでにビーカーからは黄金水が溢れ、テーブルの上に水たまりを作っていたのだった。

第三章　痴獄の公園

目を覚ますと、隣には未菜がいた。思わず、昨日の夜のことを思い出し、俺は後悔の念に襲われた。俺は一人の少女を奴隷にしようとしてしまったのだ。いくら衝動的にやってしまったこととはいえ、後悔せずにはいられなかった。あの時の興奮は、否定しようとしても否定しきれるものではない。俺は未菜を犯したとき、明らかに興奮していたのだ。

だが、もう後戻りはできない。俺は隣で目を覚ました未菜を見て、そう思った。すべては冴子のためだ。未菜をうまく奴隷に仕立て上げることができるかどうかはわからないが、やってみるしかない。

「未菜、服を脱ぐんだ」

俺がそう声をかけると、未菜は一瞬、びくっと身体を震わせたが、やがて静かに頷《うなず》き、服を脱いでいった。背中のファスナーを下げて、肩から服を抜いていくと、光沢のある黒いものが見えた。驚いたことに服の下には、俺が買ってきてやったボンデージを着こんでいたのだ。

「お兄ちゃんのプレゼントだから……」

未菜は両手を胸に添えて、ボンデージを大事そうに撫《な》でる。その言葉に、なぜか胸の奥が締め付けられるように痛んだ。

そして未菜は小さなタンスに向かい、一番下にある引き出しを開いた。中には手袋とブーツが綺麗《きれい》に揃《そろ》えて直してあった。それを手に取り、未菜は自らの腕や足に身に付けていく。白い裸身を黒のボンデージに身を包み、代わりに今まで着ていた服をタンスの中にしまいこむと、俺の前に戻ってきた。

未菜は黙ったまま両手を揃えて俺の前に差し出してきた。手枷《てかせ》をはめてくれということか？　俺は心を鬼にしてその両手に枷をはめ、未菜の小さな胸に手を当ててベッドへと突き飛ばした。

「きゃっ」

未菜は仰向けに倒れる。ベッドが揺れて軋《きし》んだ。だが、そんなことは気にせず、俺はガラス棒を手に取ると、そっと舐《な》め上げて先端を濡《ぬ》らしていく。そして、それをいきなり尿道へ差しこみ始めた。

「ひんっ……」

尿管に棒の先が入った途端に、未菜は可愛い悲鳴を上げた。その拍子に足をぴったりと閉じて、もじもじと足を擦《す》り合わせる。そして視線を下に向けた未菜は、俺の行動を怯《おび》えた目で見つめていた。

俺は空いている手を太股《ふともも》に添え、股間《こかん》がよく見えるように足を広げていった。白くなだらかな丘の全景が明らかになる。桜色の秘唇も丸見えだ。

「いやぁ……恥ずかしい……」

未菜は股間を俺の眼前にさらされ、羞恥《しゅうち》に頬《ほお》を赤く染めた。ガラス棒を狭い尿管内にじりじりと押し進めていくと、埋没した深さに合わせて未菜の頬の赤みが、さらに深く濃くなっていった。

未菜はため息めいた声を漏らし、視線を宙にさまよわせている。ぎゅっと手を握りしめ、快感を堪《こら》えているようだった。俺は棒を三センチほど入れると、今度は入れた時と同じくらいの速度で引き抜いていった。ガラス棒の動きの変化に驚いたように、さまよっていた視線が俺の顔一点に移され、握りしめられていた手が開かれる。

「お兄ちゃん……」

震える声と同じく、痙攣《けいれん》している内股の微かな振動が、手の平に伝わってきた。そんな未菜の様子を観察しながら、ガラス棒が抜けてしまう寸前まで引き、そしてまた中に差しこんでいく。すると、内股の痙攣がビクッ、ビクッと、まるで悦《よろこ》んでいるように引きつけを起こした。

「ここの穴が気に入ったようだな、未菜」

「未菜……もうダメ。やめようよぉ……」

そうは言うものの、しばらく尿道責めを繰り返していると、未菜の様子に変化が見え始めた。全身にしっとりと汗を滲《にじ》ませ、周期的に痙攣と弛緩《しかん》を繰り返し始めたのだ。その周期はやがて、小刻みに短くなっていく。そして、未菜が絶頂を迎えようとした瞬間、俺はガラス棒の動きを止めた。

「お……お兄……ちゃん……」

未菜は何が起こったかわからないような表情で、荒い呼吸を繰り返している。火照らされたままの身体は、行き場を失ったように痙攣していた。俺は火照りが収まるのを見計らって、尿道に刺さっているガラス棒を引き抜いた。

「さぁ、今度は俺も楽しませてもらおうか」

俺は自分自身でも驚きながら、そんな言葉を口にした。陣の言うとおり、俺にも奴隷を調教する資質があるのかもしれない。そんな気すらしてくるほど、気が付けば、朝から俺は激しく興奮していた。

そして俺は、背中側から未菜の両足を、M字型になるようにして抱え上げた。未菜はちょうど小さな子供におしっこをさせるようなポーズになる。俺は未菜を抱えたままベッドに座ると、天を仰ぐようにそそり立っている肉幹を、未菜の肛門《こうもん》めがけて突き立てた。

「ああぅっ！」

未菜の肛門に雁首《かりくび》が突き刺さる。突然の異物の進入に、括約筋が驚いて瞬《まばた》きをするように収縮する。無理もない。なんの準備もしていないのに、いきなり菊孔に怒張を押しこんだのだ。痛がるのは当然だ。だが、肛門は俺の亀頭の粘膜をなでるように刺激してくる。

「おとなしくしているんだぞ」

俺は落ち着きのない菊孔の中へ、雁首を埋めていく。だが、小さな穴はなかなか受け入れようとしない。イヤイヤをするように、未菜は首を横に振る。次第に括約筋が締まって、かたくなに拒むようになった。

「何をしてるんだ、未菜！」

「だって……痛い……」

未菜は顎《あご》を跳ね上げて、頭のてっぺんから足のつま先まで痙攣をさせ、やがて力が抜けたように頭を垂れた。

「わかった。痛くないようにしてやる。それならいいだろう？」

我ながら無茶苦茶な妥協の仕方だったがとにかく、未菜が痛がってばかりでは意味がないのだ。多少時間と手間が掛かっても、確実に未菜を調教するには、こういう妥協も必要なはずだ。

しばらく考えているようだった未菜が、コクンと小さく頷いた。

「ゆっくりと息を吐いて、力を抜くんだ。いいな」

「うぐっ！　う、うん……」

未菜が素直にゆっくりと息を吐いていくと、緊張がほぐれていくように、括約筋の締め付けが緩くなっていった。俺は抱えこんでいる未菜の身体を、ゆっくりと降ろしていく。自分自身の重みで剛直をズブズブと飲みこみ、小さなつぼみが開花していった。放射線状の皺《しわ》がなくなるほどに、菊孔の窄みが大きく広げられる。

「うぁ、うあぁっ」

　未菜が身体を揺さぶると、レザーの擦れる音が響いた。俺は両腿をしっかりとつかむと、腰を下から突き上げて、反り返った剛直をひと思いに埋めこんでいった。

　内臓にまで届きそうな勢いで、肉杭を根本まで突き刺すと、未菜は激しく身体をくねらせる。そして口をパクパクさせ、目を白黒させた。肉の杭をくわえこんだアヌスの皺が、限界まで延びきり、悲鳴を上げるように赤く充血していた。

「くくく、根本まで入ったぞ」

　剛直を未菜の奥にまで打ちこんだ瞬間、言い表せないような征服感が俺の心をみたしていく。それは文字通り、悪魔的な快楽だった。

「おなかがはり裂けちゃうよぉ……」

　未菜は喘《あえ》ぐようにせわしなく息を繰り返している。だがそれは、腸壁がヒクヒクと波打つようにうねり、俺の下半身の興奮を高めることにしかならなかった。

やがて、異物を吐き出そうとしているのか、腸壁がぜん動運動を起こし始める。だが俺は、それに逆らうように身体を揺さぶって、怒張を押しこんでいった。

「ひぅっ！　痛いよぉ……」

未菜の目から涙がぼろぼろとこぼれ、落ちる滴の量が耐え難い苦しみを物語っていた。しかし、俺はそんな未菜を見て、ますます興奮し、加虐心を高めていった。

下から何度も突き上げて揺さぶると、次第に未菜の身体から力が抜けていく。力の抜けた未菜の四肢は、ぶらぶらと揺れている。

「気持ちいいんだろ。正直に言え！」

「ううう っ、あぅっ」

未菜は何も言わなかったが、だらしなく半開きになった唇からは、一筋のよだれが零《こぼ》れ落ちていった。ガクガクと震え、肛門がきゅきゅっと痙攣していることからして、何か感じ始めていることは間違いない。俺は結合部分をじっと見つめた。小さな窄みに、浅黒い極太の肉棒が突き刺さっている様は、見るからに卑猥《ひわい》だった。肉棒には、わけのわからない粘液が細かく泡だってまとわりつき、律動のたびにクチョクチョと淫猥《いんわい》な音をたてているのだ。

「くぅぅっ！」

未菜の肛門が万力のように俺のペニスを締め付けてくると、俺はたまらず、一気に熱いたぎりを吐き出していった。ぎゅっ、ぎゅっと断続的に締め付ける肛門に、最後の一滴まで白濁液を搾られていくような感じがする。それは圧倒的な力で、俺を快楽の頂点へと押し上げてきたのだった。

「うぁ、はぁ……」

やがて未菜は俺の胸に身体をあずけるように崩れ落ちてきた。未菜は肩で荒い呼吸を繰り返している。呼吸するたびに微かに上下に動く小さな胸が悩ましい。呼吸が整ったかと思うと、突然がくっと頭を垂れた。その時、俺は未菜の変化に気が付いた。未菜は白目をむいていたのだ。未菜は失神してしまったのである。

そんな未菜をベッドに寝かせると、俺は再び激しい自己嫌悪に陥った。奴隷の調教どころか、ただ単に自分の欲望を満たしているだけのような気がしたからだ。それに、俺は自分自身のどす黒い欲望に、驚いてもいた。このままだと、本当に堕《お》ちてしまうかもしれない。

そんな恐怖に駆られ、俺は未菜を寝かせたまま、さっさと服を着て部屋を出た。

俺は当てもなく街を歩いた。気が付くと、３ＤＴＶ前に来ていた。３ＤＴＶには、相変わらずソフィア・アレクシーヴとかいうアイドルが映っている。

やれやれ、と思いながらその場を立ち去ろうとした時、ふいに女の子と目が合った。褐色の肌の美少女だ。金髪で、そう、ちょうどソフィアと同じくらいの背格好のボーイッシュな感じのする娘だった。しかし、なぜか、俺を睨《にら》んでいる。俺が何かしたのだろうか？　痴漢扱いは勘弁して欲しいところだが、少女の第一声は、およそ俺の予想を裏切ったものだった。

「おじさんも、あんな女の子がいいの？」

「あんな？　ああ、ソフィアとかってアイドルのことか……」

少女はコクコクと不機嫌そうに頷いて見せた。

「そうだな……まぁ悪くはないが、どうしてそんなことを訊《き》く？　あの子が嫌いなのか？」

「……嫌い。大っ嫌いっ！」

少女は猛烈な嫌悪感を隠そうともしていない。よほど嫌いなのだろう。

「ひょっとして、ジェラシーか？」

「はあ？」

「だって、そうだろ？　お前とソフィアは同じようなようで、大して変わらないのに、どうしてこんなにギャップが……とかってさ、そういうことだろ？　ガキの考えそうなことだな」

俺がそうからかうと、少女はムッとした表情を見せた。その瞬間、俺の頬に衝撃が走った。乾いた音が鼓膜に響く。少女は俺の頬を打ってきたのだ。頬がジーンと痺《しび》れている。

「……何するんだ？」

俺は少しクラクラする頭を揺すり、説教してやろうと考えた。だが、目の前に、もう少女の姿はなかった。逃げたのだ。少女は人混みを掻《か》き分けながら全速力で走っている。視界からまだ消えていないのは、人混みのおかげだ。娘のとった進路は、うまい具合に人の流れと逆行している。

「逃がすかよ！」

俺は自分でも信じられないぐらい平静を失っていた。女に打たれた。ただそれだけなのに、どうしてここまで熱くなるのだろう？　自分でもよくわからなかったが、少女をこのまま見逃すわけにはいかないと思ったのだ。

人混みを抜ける頃には、娘はかなり先行していた。絶対に追いつける。そうは思ったが、娘は俺の予想よりも足が速かった。

娘を見失うかもしれないという苛立《いらだ》ちは、確実に俺の足に力を与えた。しかし、追いつけない。もうダメか——そう思った時に、娘は公園に飛びこんでいった。

公園は広くて暗いが、そんなことだけで俺はまかれたりはしない。むしろ、俺の方に有利に働くだろう。俺が娘に追いつけなかったのは、人混みのせいであって、俺の足が遅いせいではない。公園のように広い場所ならば、すぐに追いつけるのだ。

夜の公園。街頭の光がぼんやりと辺りの様子を映し出しているが、人の気配はない。絶好の場所——俺は本能的にそう感じ、闇の中に身を翻し、先回りして少女を待った。

少女は公園の真ん中で足を止め、酷《ひど》く怯えた様子で周りをぐるりと見回している。俺は渇いた唇を舐め上げながら、木の陰を跨《また》いで少女に近づいていった。

「きゃぁっ！」

俺はいきなり木陰から飛び出した。そして少女が後ろを振り向こうとした瞬間、俺の腕は少女のスリムな身体を巻きこんで羽交い締めにする。

「よう、また会ったな？」

「ぐッ！　んんッ！」

口を塞《ふさ》ぐ俺の手は、少女の小さな顔を覆い隠すように被《かぶ》さっている。そして俺は、力尽くで少女を茂みの中へ引きずりこんだ。少女は俺の腕の中から逃れようと、口を塞ぐ指を力一杯噛《か》むが、俺は何もなかったように平然として力を緩めない。

「な、何すんのよ！」

憤然《ふんぜん》と声を震わし、少女は柳眉《りゅうび》を逆立てた。俺は芝生の上に投げ捨てるように少女を腕から解放し、噛まれたせいで指先から流れる血を舌で拭《ぬぐ》った。

表情を見ればわかる。少女は怒りで震えているのではない、恐怖で引きつっているのだ。それを俺に気付かせまいとして、必死に表情を作っているのだ。可愛いものだ、と俺は思い、心中の高揚感をおくびにも出さず、黙って少女ににじり寄っていった。

「く、来るな、近づかないでよ！」

少女は芝生を掻きむしって俺に投げつけながら、後ずさっていく。

「……怖いか？」

「そ、それ以上来るな。誰かっ！　誰か助けてぇ！」

少女は、必死に助けを呼んでいる。だが、俺はまったく動揺しなかった。この人気のない暗い公園の片隅でいくら叫ぼうと、誰も気付くはずがないのだ。

「声が小さいな。そんな声では誰も気付いてくれないぞ」

少女は不意に沈んだ表情になり、顔を伏せた。

「どうした？　もう、助けを呼ぶ気が失せたか？」

そう言うと、少女はキッと俺を睨み返して「誰か助けて！」と再び叫んだ。だが、少女が喉《のど》の奥から声を絞り、必死で助けを呼んでも、誰も来る気配はない。

「残念だな、助けが来なくて」

俺はそう言って少女の上に馬乗りになり、身体ごと少女に覆い被さった。少女は俺の身体を押し退けようと、細い腕を突っ張らせて抗《あらが》おうとする。暴れる細い腕を掴《つか》んで、芝生に押し付け、膨らみを隠しているシャツに手を伸ばし、引き裂くようにシャツをはだけさせた。

「やめてっ！」

ブラをずらして露出させせた胸は、スレンダーな身体にしてはボリュームがあった。しかも形が良く、乳首がつんと上を向き、若さを誇るように弾《はじ》けるような張りを持った乳房は、仰向けになっていても型崩れすることもなく盛り上がっている。

下からゆっくりと揉《も》み上げると、その魅力的な双丘はしっかりとした弾力で俺の手の平を押し返してくる。俺は吸い付けられるように彼女の乳房に顔を埋めた。

すると、少女は、あっ、と気の抜けたような声を発した。俺は悪魔的な気持ちになり、舌先を突起に滑らせ、こりこりとしこりを楽しみながら弄《もてあそ》ぶ。そして少女の力が抜けたのを見計らい、素早く手を下半身へと忍びこませた。

「ひぃっ、いやぁぁっ！」

少女が絶叫しても、俺はいとも簡単にショートパンツを取り去り、秘部を覆い隠す布をずり下げた。舌は依然、形のいい乳房を這《は》いずり回り、ショーツを降ろした手は、潤いを見せない秘唇を容赦なく左右に開いていく。そして俺は、少女の秘部の粘膜の頂点にある部分を捲《まく》り、ピンク色の肉芽の包皮を剥《む》き上げた。

「きはぁっ」

少女がビクンと反応するのを確かめると、そのまま下腹から恥部へと舌を滑らしていく。大腿の間に顔を埋め、薄く翳《かげ》った淫裂にべろりと舌を這わせた。

「い、いやだ……」

少女の震えた手が、ぐいぐいと俺の頭を押してくる。だが、俺は怯《ひる》まなかった。先程剥いたばかりの、普段は外気に晒《さら》されない敏感な芽に舌先を持っていき、豆粒のような秘核を捉え、包みこみ、卑猥な音とともに舌で転がす。

「嫌だ、嫌だよ。やめてよ……」

少女は俺の髪を握り締め、引き剥《は》がそうとする手に力をこめてくる。あまりの力に、さすがの俺も顔を上げずにはいられなかった。

「ずいぶんとイキがいいんだな。やはり野外はこうでなくてはな」

「嫌だ……嫌だ……」

少女はそのまま俺の腕を振り払って、木を背に縮こまり、剥き出しにされた裸体を抱えるようにして、うわごとのように「嫌だ」と繰り返した。俺は狩りでも楽しむかのように、うずくまって震えている少女に歩み寄る。怯えた子ウサギは近づいてきた俺に対し、全身で敵意と恐怖を露《あら》わにするが、それでも虚勢を崩さない。

「もっと暴れてみろ」

そう言いながら、俺はさっきの仕返しとばかりに少女の頬を平手打ちした。少女は俺の右手の軌道を追うようにして芝生に倒れた。

俺は今一度、少女の身体を力任せに仰向けに押し倒し、馬乗りになって覆い被さった。

「ひやぁ！」

少女の手足が顔や背中に飛んでくる。しかし、やがて抵抗することに疲れたのか、諦《あきら》めたのか、少女の動きが止まった。俺の目を見ようとはしない。真上にある俺の顔の更に上を呆然《ぼうぜん》とした表情で見上げている。

次の瞬間、濡れてもいない少女の痛々しい秘裂に、俺は凶暴な肉棒の先端を押し付けた。

「ぐっ！　かはっ！」

突然の刺激に現実に引き戻された少女は、俺の身体に激しく爪《つめ》を突き立ててきた。しかし、俺は臆《おく》することなく、少女のか細い腰に、体重を乗せていく。

ほっそりした両脚は俺の大腿で割られ、少女が侵入を拒んでいる場所に、俺の怒張が鋭くねじこまれようとしていた。狭く閉じていた少女の秘門は、大きく口を広げられてその先端を無理やり受け入れさせられようとしている。

少女は身をもがいて身体をせり上げ、容赦ない肉棒の侵入から逃れようとしていた。しかし俺の両手が少女の肩を抑えこんでいるため、どうすることもできはしないのだ。

「く、苦しいっ！」

少女の絞り出すような悲鳴が、俺の獣欲をそそり、より一層の快感を求めて少女の中へと侵入していった。少女の肉壁が激しく抵抗し締め付けてくる感触がなんとも心地いい。

「処女じゃないようだな……」

深々と怒張を埋めこんでみたが、途中に関門は存在しなかった。少女は、「うう」と呻《うめ》きながらも、今までの抵抗が嘘《うそ》のように、全身をがくりと横たえた。眼を涙で一杯にして、悲しそうな顔で、ざわざわと囁《ささや》く木々の隙間《すきま》から漏れる月の光に虚ろな瞳を向けている。

だが、少女の瞳に何が映っていようが、今の俺には関係なかった。この少女の中にすべてをぶちまけて、肉の欲求を満たすだけだ。そう思って、俺は激しく腰を突き動かした。

「ああっ、あぅぅっ」

少女は口をぱくぱくとさせて、声にならない声を微かに発する。少女は身体を守る最低限の潤いだけを肉壺《にくつぼ》に染み出させ、快楽が呼びこむ愛液は、一滴も漏らさなかった。渇いた肉洞が、熱くたぎった肉棒と擦れ合って、果肉を揺るがす。処女でないにしても、潤滑液の分泌が不十分なので、多少なりとも痛みはあるはずだ。しかし、少女はそんな痛みなど、どこかに置き忘れてきたように、時折、微かな呻きを上げるだけで、焦点の合わない目で遠くの方を見つめていた。

「お前……面白い奴だな」

まるで感じようとせず、呆然としたままの少女を犯す——それはそれで、言いようのない快感がある。その感覚に突き動かされるように俺は腰を振った。幾度か少女の最奥を先端が叩《たた》いたとき、体内にあるモノがにわかに膨れ上がって首を持ち上げ、ぶるぶると蠢動《しゅんどう》するのがわかった。限界だ。

「くっ！　イクぞ！　お前の中に全部注ぎこんでやるッ！」

そう呻きながら、俺は一層激しく、邪悪な欲望の赴くままに荒々しく腰を使った。

限界はすぐに訪れた。結合部分から、粘液質の音が聞こえる。そして俺は、すべての抑制を解き放った。

「あぅぅっ」

少女は自分の体内に注がれる熱い迸《ほとばし》りの感触に、一瞬だけ、眼を見開いて奇妙な呻きを上げたが、すぐに惚《ほう》けたような表情に戻り、俺のすべてを受け入れた。俺が役目を終えた剛棒を引き抜くと同時に、肉壁が収縮して、内部にぶちまけられていた白濁汁が、ぐぼっと内奥から溢《あふ》れ出す。秘裂から垂れ流れる白い粘液の様子を見て、俺は満足げな笑みを浮かべずにはいられなかった。

少女は自分の身に起きた出来事をかみしめるように肩を震わせると、低い嗚咽《おえつ》を繰り返した。嗚咽は徐々にすすり泣きとなり、やがて喚《わめ》き声となった。

一度放出したというのに、俺は再び勃起《ぼっき》し始めていた。荒《すさ》んだ心は、邪悪な欲望に完全に支配されていた。俺は再び少女を押し倒し、激しく犯していった。

……どれくらい時間がたっただろうか。何回この少女を犯しただろうか。気が付けば、少女の全身には、俺が放った精液が撒き散らされていた。月の淡い光が、精液を散りばめた身体を照らし出し、スレンダーな裸体に溶けた真珠のような装飾を施している。少女は何も言わず、ただ呆然としていた。

女の身体がこんなにも美しいと思ったことはない。女の身体にこんなにも満足したこともない。飽くことのない身体——それは愛のあるセックスよりも貴重で、崇高なものだ。そんな気がした。少女はあれから、幾度となく続いた俺の凌辱《りょうじょく》に、たった一度も感じることなく応えたのだ。、胸、尻、使えるところはすべて使ったが、俺の欲望だけが満たされた。

少女の身体は、反応していた。最初の時より濡れていたし、火照った身体に汗が浮かんでもいた。それでも、少女の心はどこか遠くの方でくすぶったままだった。人形のように抗うことなく、俺に辱められ、浴びせかけられる灼熱《しゃくねつ》の白濁液を受け止める。しかしすべてが少女の表面で弾かれ、ついに心の奥底に届くことはなかったのだ。

少女は依然、放心したままだ。俺は微笑を投げかけながら少女の側《そば》に屈《かが》み、垂れ落ちる白濁汁をすくって少女の顔に塗り付ける。そして少女の唇を、精液の絡みついた親指でツツーッと横に撫でていった。

「可愛いな……お前」

俺はそう言って、少女の唇に唇を重ねた。すると、微かな反応があった。少女の視線が、腰を上げてポケットに手を差し入れる俺の方にゆっくりと向けられてきた。

「俺はお前が気に入った……」

そう言うと、また少女は微かな反応を見せる。

「お前は、俺一人のモノだ……」

我ながら強引な論理だとは思った。だが、それが正直な気持ちでもあったのだ。俺はポケットから取り出した携帯用インスタントカメラを、木にもたれかかったままの少女に向けた。

「誓いは必要ない。……これが『証《あかし》』となる」

ファインダーの中に、全身に白い汚濁を撒き散らされた少女の姿が、そしてファインダーを覗《のぞ》く俺の姿を捉えている少女の瞳が映し出された。俺は焼き付けられたばかりの写真を、今頃になって身体を隠そうと、よろよろと手を動かす少女に投げた。写真は宙を舞いながら、無惨に散らされ、中に出された精液を垂れ流している淫裂の前に落ちていった。

「3DTVの前で待っているぞ。気が向いたら来い。そうしたらまた可愛がってやる」

それだけ告げて、俺は少女に背を向け、その場を後にした。肩越しに眼に入ったその場所の最後の映像は、精液まみれの裸体を写した写真を握り締め、全身を小刻み

に震わせている少女の姿だった。

第四章　地下室での調教

朝、目が覚めると、非常に気分が悪かった。俺は二人もの女を犯してしまったのだ。いや、千里も合わせれば、三人だ。それにしても、この感覚はなんだろう？　俺は興奮してるのか？　なぜかはわからないが、いつまで経っても興奮が冷めないのだ。

電話が鳴ったのは、ちょうどそんな時だった。ベッドから起き上がり、震える手で受話器を取った。

『あ、正樹か。俺だ、陣だ』

俺は内心の興奮を隠し、努めて平静を装った。

「陣、俺は二人目の女を犯してしまった……。俺はどうすればいいんだ？」

『ああ、いいことじゃねえか。約束の日よりも前に調教が終わるんだったら、言ってくれよな。早くて困るってことはないいんだぜ」

「いや、まだ、引き渡せるようなものじゃない……」

『ん、そうか。わかった。しかし、なんか元気ないみたいだな。そうだな、この調子で冴子を調教してみたらどうだ？』

陣の言葉は、俺の体中を駆けめぐる興奮の芽を残らず摘み取っていった。後に残ったのは、凄《すさ》まじい嫌悪感と今までとは違った種類の激しい興奮だった。

『冴子だよ、冴子』

「ふざけたことを言うな、陣！」

俺は受話器を持っている手を怒りで震わせた。

『じゃあ聞くが、ただ養ってやるだけでいいのか？　冴子を自分の物にしたいと思ったことはないのか？』

今まで考えもしなかった言葉に、俺の唇は震え出した。陣は勝手に続けた。

『よく考えてみろよ。今の冴子は、もう立派な女だぜ？　身も心も、な。それにこのままだと、いつかは他の男に取られちまうんだぜ？　いいのか？　それでも』

「お、俺は……」

冴子のことを考えると、錯乱状態のようになり、最後には言葉が出なくなっていた。陣はすかさずそれを察知したようだった。

『……おいおい、何を慌ててんだよ、正樹。冗談だって、冗談。二人の女を襲って、精神が少し不安定になるのは仕方ねえが、もっとしっかりしてくれよ』

陣にそう言われても、俺は黙っていた。何も言えなかったのだ。

『まいったな。まあ、しばらくは冴子に会わないことだな。その方がお前のためだ。襲いたいときは他の女にでもしておくんだぜ。その方が、俺も助かるしな』

陣は電話口の向こうで小さくため息をついたようだった。

『なんにせよ、しっかり頼むぜ。期待してるからよ。じゃあな』

陣はそう言って電話を切った。プーッ、プーッ、プーッという音を聞き、俺も仕方なく受話器を戻した。

しかし、陣の言ったことが頭から離れるはずもなかった。冴子を襲う？　まさか、な。俺はその愚かな考えを一笑に付した。だが、冴子の顔が頭から離れない。冴子を調教するなど、まったくと言っていいほど、意味のない考えだ。俺はそう思おうとした。

俺は愚かな考えを捨てようと、外に出た。相変わらず行くところなどあるはずもなく、路地裏を当てもなく歩いていた。まさか冴子を訪ねていくわけにはいかないのだ。

路地裏は街の中でも中流、もしくはそれ以下のやつらが密集して暮らしている住宅街だ。五階建て程度の無機質なコンクリート剥《む》き出しのアパートが左右に軒を連ねている。

かなり荒れた場所なので、好きでこんなところに足を運ぶものがいるわけもなく、人影などはまったく見ることができない。俺はこんな場所で、いったい何をしているんだ？　こんなところにいい素材の女がいるわけがないのだ。そう思いながらも、俺は当てもなく、路地裏の奥へと足を運んだ。

ガタッという大きな物音を聞いたのは、そんな時のことだった。

「よっ、とっ、この塀、登りにくいなぁ、もぅ」

建物と路地裏を区切るように作られた、塀の向こうから女の声が聞こえてきた。

「まぁ、今日は特ダネも取れたことやし、こんなやっかいな場所にきた甲斐《かい》があったってもんや、いっつもガミガミうるさい編集長が、顔をほころばせよる姿が目に浮かぶわぁ」

そしておよそ女とは思えない、不気味な笑い声が聞こえてきた。それにしてもよく喋《しゃべ》る女だ。

「よし、ここを飛び越えたら終わりや。あらよっと！」

突然、妙なかけ声とともに、女が塀をヒラリと飛び越えてきた。腰にかけてあるピンクのポーチが、フワリと宙に浮いて身体から離れていく。

「な、なんや！　なんでこないな場所に人がおんねん！　わわっ！　どっ、どきっ、アンタっ！　うわぁっ！」

ガシャーンという激しい音とともに、上から降ってきた女と俺は、もつれるようになりながら、水たまりのある地面に勢いよく倒れた。水音とともに飛沫《しぶき》が辺りに飛び散る。

「あいたたたぁ……」

キュロットをはいている女の股間《こかん》が、俺の目の前にあった。目を回しながら女がもぞもぞと動くと、鼻の先がその股間に触れてしまう。

「きゃっ！　こ、こらっアンタ。どこ、顔突っこんどんや！　あっちいけ、変態！」

立ち上がった途端、女は俺の頰《ほお》にビンタを食らわしてきた。そして俺を跳ね飛ばすように勢い良く起き上がり、再び往復ビンタを放ってきたのだ。

その瞬間、俺はあまりの衝撃に朦朧《もうろう》としてしまい、女の方にもたれかかってしまった。そこがまた運が悪かった。なにか唇に柔らかい感触がしたのだ。そう、女の唇だ。

「あ……わ……」

やがて女の唇の端と眉《まゆ》がぴくぴくっと引きつり、だんだんと目が怖くなってきた。

「な、何すんねやっ！」

女は身体全体で荒い呼吸をしていた。血走った目で俺を睨《にら》み付けてくる。

「ええ加減にせぇよ。アンタ、いまアタシに何したかわかってんのかっ！」

すさまじい剣幕に俺は思わずたじろぎ、女から視線を逸《そ》らした。

「今のアタシのファーストキスやったんやぞ！　どないして……どないしてくれんねや。この唇はアタシの未来の旦那さんのためのもんやったのに、汚されてもうたぁ」

女は素頓狂《すっとんきょう》な声を上げた途端、いきなりわんわんと泣きじゃくり始めた。

俺が呆然《ぼうぜん》としていると、女は再び騒ぎ始めた。

「あ、あれっ、そういえば、アタシのポーチはどこいっ

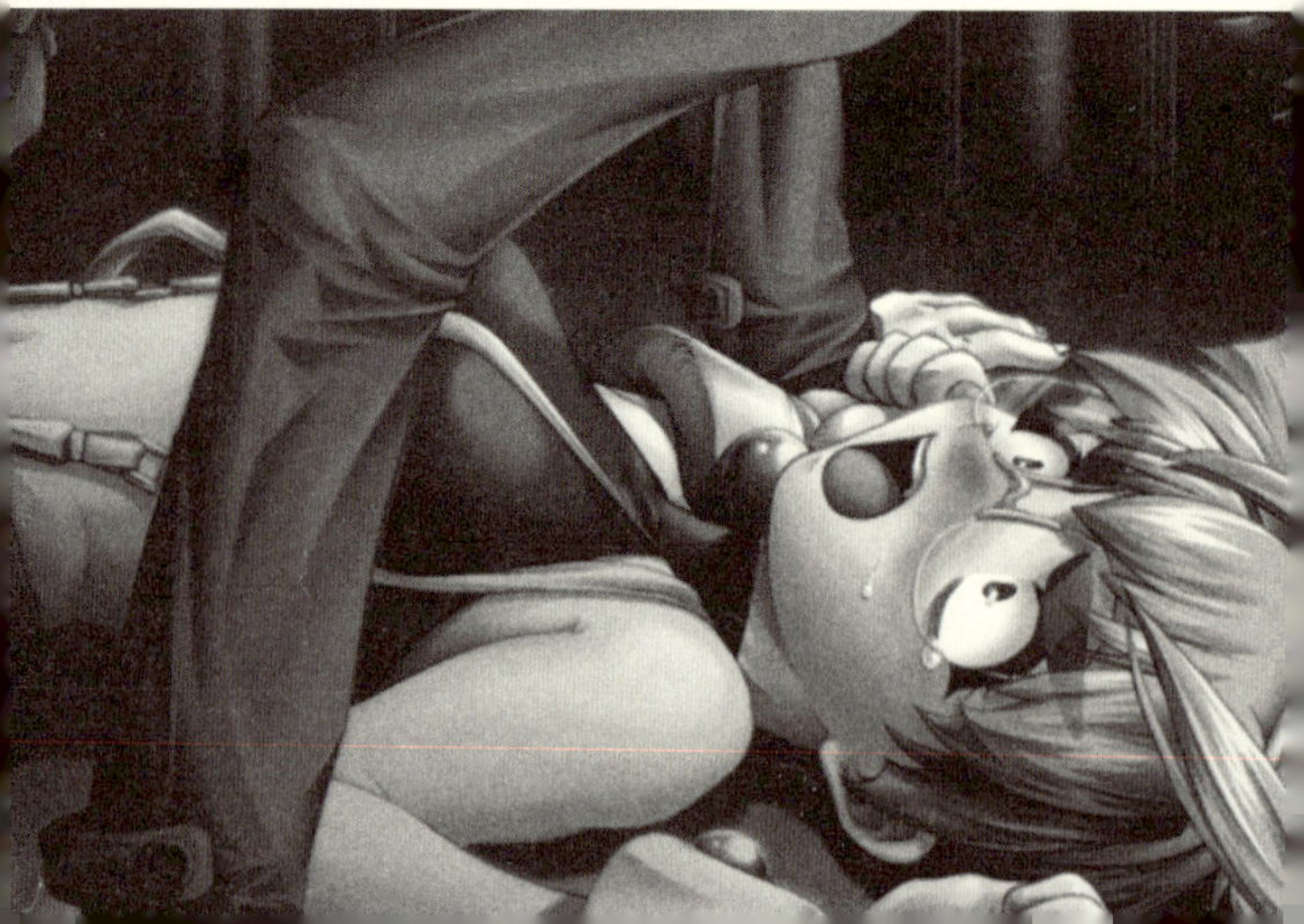

たんや？　あん中に、デジカメが入ってんのにっ！」

突然、女は顔色を変えて自分の身体をまさぐり始めた。更に顔が青ざめ、次第に声のトーンが落ちていく。どうやら捜し物は見つからないらしかった。

「んなアホなぁ……」

女は俺に背を向けた状態で、辺りをキョロキョロと見回している。俺は、半ば呆《あき》れながらその様子を黙って見ていた。

突如、女は動きを止め、全身を震わせはじめた。女の後ろ姿を俺はなんとなく眺めていたが、直感的に女の顔が徐々に赤くなっていく様子を連想した。

「ボサッとしとらんと、アンタも一緒にデジカメを捜しぃや！」

唐突に俺の方に振り向くと、女は両手を握ってものすごい剣幕でまくしたててきた。目が血走っているように見える。俺はとりあえず立ち上がると、仕方なくそのデジカメとやらを一緒に捜すことにした。俺は被害者のはずだが、またビンタを食らわされてはかなわない。

「あれに今日のアタシの汗と涙の結晶が入ってんのにぃ。ほら、さっさと捜しぃや！　ピンク色のポーチやで、そん中にデジカメが入ってるんや」

女は地面に四つん這《ば》いになり、排水溝などに落ちてないかと覗《のぞ》いている。

「あ、あ、あった！　あんなところにアタシのポーチがぁ」

女が指差す方を見ると、壁に添え付けられているパイプの陰に、ピンク色のポーチが落ちていた。女は素早くそのポーチに駆け寄っていった。ポーチを開けて中からカメラを出すと、大事そうに両手で抱きしめ、デジタルカメラの液晶を覗きこんだ。

「う、動いてるっ！　良かったぁ。せっかく苦労して撮った特ダネが、全部パァになってまうとこ……あ、あれっ、何も写らへんっ！」

機械の調子が悪いのか、女はカメラを振ったり、叩《たた》いたり、何度も操作ボタンを押したりしている。

「あ、ああ、データが飛んどるぅ！」

目を大きく見開きながら、女は大口を開けてこの世の終わりのような叫びを上げた。呆然と両手でデジカメを持ったまま硬直している。

「そんな殺生な……。また、編集長にしかられるぅ……」

女はガックリと肩を落として、消えかかりそうな声で言った。

「俺はこの辺で失礼するよ。邪魔をしては申し訳ないからな」

なんだかよくわからなかったが、俺はその場を後にしようとした。これ以上、こんなわけのわからない女に酷《ひど》い目に遭わされるのはご免だった。

「あ、何どっか行こうとしてんねんアンタ！　逃げるんかいなっ！」

うるさい女だ。俺はそう思いながら、しつこく絡んでくる女を無視して、そのまま街へと歩き出した。

「こらっ！　ちょっと待ちぃやぁっ！」

俺が路地裏を出ようと狭い路地を進む中、女はやかましく文句を言いながら、俺の後をしつこく跟《つ》けてくる。事情はわからないが、俺に弁償させようというハラかもしれない。

「きゃっ！」

そして女は、路地裏を出ると同時に運悪く車にぶつかりかけ、そのままバランスを崩して地面に尻餅をついた。俺はその隙《すき》に、人混みの中へと向かって走り出した。

「……あ、どこ行くねんアンタ。おぼえてろぉっ！」

遠くから女の声が聞こえる。もう追いつかれる心配はないだろうというところまで来て、俺は立ち止まり、乱れた呼吸を整えた。

無駄な時間を使ってしまったな。俺はそう思いながら、どこに行こうか思案した。俺は考えた末、千里に会いに病院に行くことにした。女を調教するには、すでに調教された女を参考にするのがいいと思ったからだ。

路地裏を抜け、街に出てしまえば、病院まではすぐだった。歩いて五分もかからない。病院はいつも通り、静かだった。ロビーに入ると、甲斐甲斐しく働く千里の姿をすぐに見つけた。

「あっ……正樹さん」

千里が俺に声をかけてきたのは、ちょうどそんな時だった。後ろからの声に振り向くと、そこに千里がいた。千里は怯《おび》えるように震え、カルテらしき物を胸で抱いている。

「わかってるよな？」

俺はいやらしい笑みを浮かべ、千里に地下室へ来るように合図を送った。

「は、はい」

千里は肩を震わせながら、目を逸らしてゆっくりと頷《うなず》き、俺に返事をした。

「姉さーん、頼まれてたもん持ってきたでぇ。あれ、姉さーんどこおんのぉ？」

その時だった。病院のロビーに場違いなほど大きな声が響く。女の声だ。

「あの、ちょっとすみません、正樹さん」

千里は俺に会釈をすると、声がした方角に向かって返事をするように呼び返した。

「こっちよ、千春《ちはる》」

「あっ、姉さん。いや、別に手ぇ振らんでもええんやけど」

女は周りにいる人間たちにぶつかりながら、重そうな紙袋を両手に、そしてこれも重そうなリュックを背中に背負って、少しよろめきながら、千里の方に歩いてきた。

「ちょっとごめんな、オッチャン。ハイハイ、通してね」

「千春ったら、相変わらずなんだから。あの、妹がちょっと訪ねてきて……」

「ああ、少しぐらい構わない」

「あ、ありがとうございます」

遠慮気味だった千里は、俺の返答に笑顔で礼を言った。

「どっこいしょっと」

千里に近づいてきた女は、持っていた重たそうな荷物を、妙なかけ声とともに床に置いた。

「はいコレ、頼まれてた物資やで。これぐらいあれば足りるやろ」

千里が姉で、目の前の女、そう、千春が妹。なるほど、たしかによく似ている。髪型が一緒ならば見間違えてしまうのではないかというほどだ。

「ところでやな、姉さん。……誰なんコイツ」

この二人は双子だろうか？　そんなことを考えていると、俺は女に睨まれているような視線を感じた。千里の妹の方だ。

「えっ、こ、この方は、正樹さんといって……」

千春と呼ばれた女は、品定めするように、下から舐《な》め上げるように俺の身体を見てきた。

「アタシは千春って言うんや、よろしくな。これでもルポライターやってるんやで。アンタはなんの仕事してんのん？」

正直な話、初対面の人間にいきなり職務質問をするこの女を無礼だと感じた。もちろん、俺は答えるつもりはないし、答えていいものとも思っていなかった。

それでなくとも、『若い女性、またもや行方不明！』だのと新聞やテレビのニュースで報道されているのだ。そんな時期に、たとえ自称だとしてもルポライターの前で迂闊《うかつ》なことを言うわけにはいかない。

「どないしたんや黙って？　……えらい静かな兄ちゃんやな。ん？」

俺の顔を凝視して数秒後、急に千春の表情が強ばった。

「あぁぁぁー！」

病院の隅々にまで聞こえてしまうのではないかと思われるぐらいの声が、辺りに響き渡った。ロビーにいた人々の視線が、一斉に俺に向けられてくるのを感じた。

「ア、アンタ……さっきの、へ、変態ぃっ！」

変態という言葉が追い打ちをかけるようにロビーに響き渡り、周りの人間の視線がチクチクと突き刺さってくるような感じがした。

「まさかアンタ、姉さんをたらしこんどるんとちゃうやろうなぁ」

「ちょっと千春、突然何を言い出すの。そんなこと軽々しく言うものじゃないのよ」

「まあいいや。でも、あかんで姉さん、こんな軟派な男に騙《だま》されたら」

真剣に心配をしているのだろう、千春は姉の目を見て言い聞かせるように話していた。

「とにかく、私は大丈夫だから」

千里がそう言うと、千春は怪訝《けげん》そうな目をしながらも、荷物を置き、病院を出ていった。

「すみません、妹の千春が失礼なことを言って……あぅぅっ」

俺は千春の姿が見えなくなったのを見計らって、ポケットの中のリモコンのスイッチを入れた。すると、突然局部を襲う振動に千里は、小さな声を上げて床に座りこんだ。秘裂を嬲《なぶ》り、秘洞を縦横無尽に暴れ回るバイブの振動に必死で堪《こら》えながら、千里はゆっくりと立ち上がろうとする。俺は、緩めにセットしておいたスイッチを少しキツくした。

立ち上がろうとする千里の動きに合わせて、バイブのスイッチを強めた。千里は頬を快楽と羞恥《しゅうち》の色に染め、ビクンと跳ねた。そして目で合図すると、千里は周りの皆に頭を下げ、地下室のある方へと歩いていく。俺はその後をゆっくりと追った。

「失礼、します……」

やがて千里は、ドアにもたれかかるようにして地下室の中に入った。顔は赤く紅潮し、息も荒い。無理もない。俺は一度入れたスイッチを切っていないのだ。

「病院の中での羞恥プレイ……なかなか楽しんだんじゃないのか？」

「はい……。とっても、良かったです」

セリフ自体はマニュアルどおりだったが、千里自身は何も感じていないかのような印象を受けた。心までは屈しないという意志を感じずにはいられなかった。

「……どうしてお前が調教されることになったんだ？」

俺はふと疑問に思い、そう訊《き》いた。しかし、千里は過敏に反応し、口を閉ざして決して喋ろうとはしない。

「言いたくないのか？　お前は奴隷だろう。何があろうと主人に服従する義務がある」

そう問いつめると、千里は唇を噛《か》みながらも、やがて口を開いた。

「それは、私からお願いしたんです。患者さんのために……」

「患者のため？　金のためじゃないのか？」

「結果的にはそうですが……私はそのお金を、お金がなくて病院で治療を受けられない人たちのために使っています」

「酔狂なことだな。赤の他人のためにそこまでするのはなぜだ？」

俺は千里の調教を受ける理由に、激しく興味を惹《ひ》かれた。金のためではなく、誰かのために……という部分がどこか自分自身を連想させるのだ。

「内戦があった頃、私と双子の妹は両親を失いました。お金も価値のある物も、何も持ち合わせていなかった私たちは、病気にかかっても病院で治療を受けられませんでした。その時、妹を救ってくれたのが、看護婦さんでした。お金を持っていなかった私たちに対して無償で治療をしてくれたんです」

「……だから、看護婦になった、と？」

「私もあの時の看護婦さんのように、苦しんでいる人を少しでも救ってあげたいんです」

「立派な心構えだが、お前が救ってやれるのは、金のない患者だけだな」

俺は遠回しに、俺と千里の関係、そしてその後のことをほのめかしてやった。

「……この病院が奴隷調教の拠点になっていることは知っています。でも、この街には病院はここしかありません。もしそのことが明るみに出て、この病院がなくなってしまえば、今よりももっと大勢の人が病気や怪我に苦しむんですっ！」

「お前の言い分はもっともだ。だが、他の調教される女たちのことは考えないのか？」

俺の言葉に千里は顔を青くし、体を小刻みに震わせている。

「私だって悩んでいるんです！　堕《お》ちていく女の子たちのことを考えれば、この病院を告発するのが正しいことはわかっているんです。でも、私には……」

千里は涙を浮かべ、強く唇を噛み締めている。自分の無力さ、そして、自分に出来ることの限界、自分のすべきことを先送りにしていることを指摘された悔しさにじっと耐えているようだった。

「あなたは、本当は優しい人なんです。私にはわかります。だから、答えて下さい。あなたこそ、こんなことをしている理由を！」

千里は突然、顔を上げて訊いてきた。俺は少し驚いていた。千里の声は真剣だったのだ。

「お前には関係ない……」

俺は冷たく答えた。

「大事な方がいらっしゃるんじゃないんですか？　私が少しでも多くの患者さんを救いた

いと考えているのと同じように、あなたもすべてを捨てても救ってあげたい人がいらっしゃるんじゃないですか？」

千里はなおも食い下がってきた。俺はしばらく黙っていたが、やがて立ち上がり、そして言った。

「余計なおしゃべりはもう終わりだ。調教を始めるぞ、千里」

俺は再び千里のバイブのスイッチを入れた。千里は股間を襲うバイブの振動に耐えながら、俺を黙って見つめている。

「服を脱いで、まずはこれを付けてもらおうか。バイブは外していい」

千里は俺の命令を聞くことが当然かのようにゆっくりと頷く。しかし、その瞳には激しい悲しみと自分を恥じているような色が伺えた。それでも、千里は慣れた手つきで、ブラのホックを外していった。そしてバイブを掴《つか》むと今度はもどかしげに、ゆっくりと肉壺《にくつぼ》と直腸から引き抜いていく。

「さぁ、始めようか」

俺は台の上に無造作に置かれている拘束具を掴み上げた。ジャラジャラという金属が擦《こす》れ合う音が地下室の剥き出しの壁に吸いこまれていった。

千里は俯《うつむ》き加減に視線を斜め下に逸らした。俺はゆっくりと千里に近づき、二の腕を掴んで引き寄せる。そして千里の腕を後ろに回し、短い鎖で繋《つな》がった革の枷《かせ》を手首に巻き付け、ぎゅっと締め上げた。千里は手枷を締め上げる時に、あっ、と微かな声を上げたが、何もなかったように俺のなすがままになっている。俺は千里の首と足にもジャラジャラと鎖の絡みついた拘束具を塡《は》めこんだ。そして、身動きが取れない千里の身体を抱え上げ、天井からぶら下がっているブランコ状の支えを背もたれにさせて、拘束具から延びている鎖を一気に引っ張った。

「うっ！　くあぁっ！」

千里の身体がぐわっと浮き上がり、ブランコを支点に宙ぶらりんの状態になった。

「これもついでに入れとくか」

朱色の数珠状に連なったアナルビーズを、指で菊孔を押し広げて千里のアヌスの奥深くに埋めこんでいく。

「うぐっ、あっ、あぁ、くっ、はぁぁ……」

後ろ手に拘束され、大きく広げられた禁断のデルタ地帯には、ピンク色に息づく秘裂が天井を向いてパックリと口を広げている。縦に割れた淫裂《いんれつ》の下には、薄暗い蛍光灯の光を反射した、不気味な色の珠《たま》が垂れ下がっていた。

「お前のここは随分と物欲しげだな」

そう言って、千里の両腿の間に顔を近づけ、鼻息がかかる程度の距離から丸見えになった秘裂を覗きこむ。ヒクヒクと妖《あや》しく蠢《うごめ》く肉裂から濡《ぬ》れた粘膜が顔を覗かせ、甘酸っぱい淫臭が鼻孔をくすぐった。

「い、イヤ、見ないでください……」

千里は掠《かす》れた声を上げて、モジモジと力なく手足を泳がせるが、鎖がガシャガシャと冷たい軋《きし》みを上げるだけだ。

「ふぁっ！　あぁぁ、息がかかって……」

俺の息が敏感な部分を刺激するのか、千里は甘美な声を上げる。千里の縦筋の奥に位置する肉洞の粘膜からネッ卜リとした蜜《みつ》が滴ってきた。濃厚な雌の匂《にお》いを発散させる粘着質の液体は、淫裂を伝い、その下側で鈍い光を放つ珠をくわえこんでいるセピア色のアヌスまでも濡らしていく。俺はそのまま、千里の割れ目に舌を這わせた。すると、千里が白く柔らかな肉体をピクッと震わせた。

「はぁっ、んぅぅっ、あああっ！」

俺は舌全体で、ベロリと千里の秘部を舐め上げた。わざと唾液《だえき》の音を立てて、剥き出しのクリトリスを強く吸い上げる。ずっぽりと収まった指を前後左右に、壁を擦り上げるように蠢かせ、ぷっくりと充血した肉芽を舌先でころころと容赦なく転がした。

「あはぁぁん、うくっ、くはぁ」

唾液と愛液にまみれた舌を内奥へと滑りこませ、潤みきった内壁を執拗《しつよう》にねぶり上げる。肉壺からぬるぬると愛液が止めどなく溢《あふ》れ、俺の舌や指にまとわりついてきた。千里が快

感に身をよじるたび、てらてらと粘性を帯びた珠玉の粒がポトリ、ポトリと顔を出し、薄褐色の菊孔の口が閉じたり開いたりを繰り返している。

「まだ自覚が足りないようだな」

俺は手元にあった極太のバイブレーターを手に取って千里の秘部に当てていった。千里がさっきまで埋めこんでいたバイブよりも一回り大きいサイズだ。

「うぐっ、くはぁっ」

肉唇を巻きこみ、強引に膣口《ちつこう》を押し拡げて侵入してくる極太のバイブに、千里は身体を揺すって悶《もだ》える。

「これだけじゃ面白くないな。少し変わった趣向で責めてやるか」

俺はそう言って、アナルビーズを抜き取り、代わりに医療用の診察器具を取り出した。千里は俺の手に握られている細長い器具を見て息をのんだ。

「看護婦ならこれが何をする物かぐらい知っているだろう」

千里は俯いたまま押し黙っていた。

「腸の中を直接覗くための内視鏡の一種だ。もうわかっただろう？　俺が今から何をしようとしているのか。早速お前の腸内を観察させてもらうとするか」

千里の肛門《こうもん》に腸カメラの先端だけを押しこみ、そのままの状態で側《そば》に置いてあるディスプレイを覗きこんだ。

「は、ふぁ、あっ……」

菊肛の内部は淡いピンク色の壁で覆われており、時折、その肉壁がキュッと窄まったり、開いたりして異物の進入を警戒しているようだった。躍動する腸壁を観察しながら徐々に先端を腸の奥へと進めていく。

ズブズブとファイバースコープを腸内に押し入れる度に、千里は唇を歪《ゆが》めてくぐもった声を上げた。先端を内部に進ませていくと、ピンク色に息づく腸壁の向こう側に、黒ずんだ物体が道を塞《ふさ》いでいるのが見える。

「随分と溜まっているようだな」

モニタに映る排泄物《はいせつぶつ》を蔑視し、俺は吐き捨てるように言った。

「い、いや、言わないで……」

「恥ずかしがってないでお前も見たらどうだ？」

千里にも見えるようにモニタの角度を変えると、千里は激しく鎖を軋ませながら、イヤイヤと首を横に振った。

「そんなに自分のを見るのが嫌なのか。仕方がないな」

俺はそう言って千里の腸内からカメラを引き抜き、天井から吊《つる》されている千里を下ろした。そして拘束具を外し、すぐさま千里に命じた。

「そこの上に乗れ」

顎《あご》をしゃくって、分娩台《ぶんべんだい》を指す。千里は戸惑っていたが、よろよろと立ち上がり、足下もおぼつかない様子で分娩台の上に横になった。そして台に乗せた千里の両足を固定し、逃れられないように手も拘束した。

「なかなか淫靡な眺めだな」

そう言いながら、傍らに置いてある血圧計のポンプのような物を手に取った。そして洗面器の中に溜められている無色で油脂状の液体を分娩台の下に置く。

「エネマシリンジとグリセリン溶液だ。これでお前の汚らしい腸内を洗浄してやる」

「い、いや、そんなの嫌ぁっ」

バタバタと手足をバタつかせる千里の肛門にチューブの先端を埋めこんでグイグイと奥にねじこんでいく。そしてもう一方のチューブの先を、グリセリン溶液で満たされた洗面器に浸し、ちょうどチューブの中央に位置しているポンプで、シュポシュポと溶液を吸い上げた。吸い上げられた溶液はそのまま千里のアヌスに突き刺さっている注入口まで昇っていき、腸の中へと流れこんでいった。

「ひ、ひぃっ！　うあぁ……」

腸内に異物を注がれる感触に、千里が悲鳴にも似た呻《うめ》きを上げる。

五、六回ポンプを押して、千里の腸内を便意を導く溶液で満たすと、ほどなく千里の下腹がぐるぐると音を立て始めた。

「うぁ、お、お腹が……うぅっ」

千里を襲う強烈な便意が千里の表情を歪ませる。

「お、お願いですっ！　お、お手洗いに……」

「ダメだ。我慢しろ」

千里はガクガクと震えながら、大腿を固く閉じて耐えようとしている。

「うぐぅっ、はぁ、はぁ……」

窄みをキュッキュと収縮させ、千里は必死で肛門の括約筋に力をこめようとしている。

しかし腿をガッチリと固定されているため足腰に力が入らず、尻肉が震えるだけだ。

「うぅっ、あぁ、くぁあっ、お、お願い……うっ、こんなの、ふあっ！」

「絶対に出すんじゃないぞ」

強い口調で言っても、千里の呻きは止まらなかった。俺は思わず息を飲んだ。

「ひぃあぁぁ！　で、出ちゃうぅ！」

千里の菊花がヒクヒクと痙攣《けいれん》すると、俺はつぼみが花咲く瞬間を連想した。

「も、もうダメぇ……」

千里の中で何かが切れたようだった。ピッという音がして、肛門の括約筋の力が崩壊する。窄みの皺《しわ》は、あっという間に伸びきった。

「うぁ、あぁ、あああぁっ」

千里の口から絶望的なため息が漏れた途端、ビビビッと空を裂くような音がして、排泄口からおびただしい量の便が溢れ出してきた。解き放たれた糞便は、初めは水状で、徐々に固形質へと変貌《へんぼう》し、ボトボトと落下して地下室のグレーの床に茶色い模様を残した。

そして千里はだらりと脱力し、涙に咽《むせ》んだ。千里は肩を震わせ、嗚咽《おえつ》している。

俺は千里のことなど気にせず、もう一度、腸カメラを肛門の中に突っこんで、腸内を覗きこんだ。所々に排泄後の跡が残っているものの、奥地への道筋を邪魔する物はなく、腸の中が隅々まで見渡せるようになっている。ピンクがかった腸壁が、グニョグニョと奇怪なうねりを見せていた。

「綺麗《きれい》になったじゃないか、なぁ、千里」

俺は冷たく蔑《さげす》んだ眼差しを向けて語りかける。千里は瞳一杯に溜めた涙をぽろりと流し、声を殺して泣いていた。

そして俺は、憔悴《しょうすい》しきった千里を分娩台から引きずり降ろし床に転がした。力なく這いつくばる千里も、床に散らばり汚臭を発する排泄物も、すべてが俺の興奮を盛り上げる。

「せっかく綺麗になったんだ。使ってやらないとな」

千里の身体を仰向けにし、下半身を持ち上げ、そのまま身体を折り畳むようにして、排便を繰り返したばかりの窄まりに反り返った肉棒を突き刺した。

「うぐっ、くはぁぁっ」

先程の排泄行為で、千里の菊孔の抵抗感はかなり緩くなってはいたが、それでも勃起《ぼっき》しきった肉塊を埋めるには、まだきつい。俺は千里の上に覆い被《かぶ》さるようにして腰に体重を乗せ、括約筋を無理矢理押し広げていった。

千里は喉《のど》の奥から絞り出したような絶叫を上げるが、俺の怒張はそんなことなどお構いなしに腸壁を擦り上げていく。

「いい感触だ」

千里が下腹をよじらせて喘《あえ》ぐたびに、セピア色のつぼみが、剛直を締め付けてきた。下半身に熱く燃え上がる直腸の蠕動《ぜんどう》が伝わってくる。俺はその感触をじっくりと味わうために、しばらく肉棒を腸の奥に留まらせた。

「ふあぁぁ、んっ、あっ……」

気が付けば、千里もその感触に酔いしれるようにうなだれていた。

「くふぅうっ！　そ、そんな激しく……」

プルプルと揺れる乳房を、服越しに鷲掴んで揉《も》みたてながら、俺は激しく直腸を串刺しにした。激しくなった振動に呼応するように尻穴に突き刺さった肉棒を腰ごと叩き付けた。蜜壺から垂れ流れた液体が、俺の腰の律動で宙に飛び散る。

「あっ、あぁっ、ダ、ダメ！」

よがり狂う千里の唇からはだらだらと唾液がこぼれ落ち、眼も焦点を失っていた。しかし、俺はますます興奮し、温かい腸内を、猛り狂った怒張で荒々しく蹂躙していった。千里はその度にピクッピクッと身体をのけ反らせ、獣のようなよがり声を上げた。バイブをくわえこんだ肉裂の端からは夥《おびただ》しい愛液が溢れ出している。

「あ、あぁっ、んくっ、うぅっ」

暴れる胸にガッチリと指をめりこませ、俺は一気に腸内の肉壁を掘り下げる。激しく上下する俺の下半身も倒錯した肉欲の頂点に駆け昇ろうとしていた。

「ふあっ、あぁっ、あぁぁっ！」

千里の甲高い絶叫とともに腸壁が収縮し、俺の肉棒を絞り上げる。俺は千里のアヌスから暴発寸前の肉茎をズブリと引き抜いた。千里の上半身に向けられた肉棒が白濁の汁を噴出しながら何度も脈打つ。股間の甘い痺《しび》れとともに迸《ほとばし》る熱い精液が、真っ白なナース服に撒き散らされ、その清らかさを失っていった。

第五章　邂逅と裏切り

残された日数はあと五日。何人もの女を犯してしまったというのに、陣と約束した奴隷には誰一人として調教できそうにない。俺はただの犯罪者なのではないか？　冴子のために仕方なくやっていたことではなかったのか？　そう考えても、答えはない。

「出かけてくる」

未菜にそう言うと、俺は当てもなく部屋を出た。あと五日……。そればかりが気になる。いったいどこに行けば奴隷にできるような女を捕まえることができるのか？　そもそも、どうしてこんなことになってしまったのか？　そんなことを考えていると、昔の方がまだマシだったような気がしてくる。昔のこと、そう、軍にいた頃だ。

そんなことを考えていたせいか、俺の足は気が付けば軍施設の前へと向かっていた。

軍施設前には、衛兵が門の前に立っている。軍施設は、この街に駐屯している軍隊の詰め所みたいなものだ。俺にとっても、色々な思い出が詰まった場所だ。

「あら、貴方、正樹君、正樹君ね。どうしたのこんなところで？」

フワッといい匂《にお》いが鼻をくすぐった。目の前には、かつて軍にいた頃にお世話になった北条由利《ほうじょうゆり》中尉がいた。偶然にも外に出てきて俺を見つけたらしい。

「久しぶりね。元気にしてた？　まさか身体を壊してないでしょうね？」

北条中尉はクスクスと小さく笑った。

「……大変、じゃないですか？」

「ああ、平気平気。もうだいぶ経つしね」

中尉はそう言いながらも目を伏せ、言葉を詰まらせた。

中尉は内戦中、御主人を亡くされている。確かその人との間に子供もいるはずだ。俺は、それを思い出して、つい、口に出してしまったのだった。

「すみません。余計なことを……無神経でした」

「いいのよ、気にしないで」

中尉は優しい言葉をかけてくれてはいるが、その表情はやはりどこか曇っている。

「やはり、大変なのですか？」

「そんなことはないわ。娘のために働くのは楽しいわよ。確かに楽ではないけれど、ね」

中尉は無理な笑顔を浮かべて俺を心配させまいとしている。女手一つで子供を育てるのは、この時代ではそうたやすいことではないのだ。中尉の表情が何よりもそのことを物語っている。

「どうしたの？　何か元気がないみたいだけど。心配事でもあるのかしら？」

中尉の優しい瞳が俺の瞳を見据える。だが、本当のことなど言えるはずがなかった。

「いえ、なんでもありません」

北条中尉にすべてを話してしまえば、楽になれるだろうか？　ふとそう思ったが、そんなわけにはいかない。

「懐かしくなって、ついここに来てしまっただけなんです」

「そう。また会いたくなったらいつでも来ていいのよ」

「ありがとうございます。中尉もお忙しいでしょうから、そろそろ失礼します」

俺は内心の苦悩を悟られないように、注意深く頭を下げて、軍施設前を後にした。

俺は家に帰り、中尉との再会を心から喜び、そして何か出来ることはないのだろうかと考えていた。中尉は大丈夫とは言っていたが、見るからに疲れている様子だった。あのままでは、病気で倒れてしまってもおかしくはない。そうなってしまっては、残された子供は生きていくことはできないだろう。どうにかならないものなのだろうか——そうは思っても、俺だって冴子と自分自身の問題で手一杯なのだ。

突然電話が鳴ったのは、俺が未菜の隣でベッドに寝ころんでいた時のことだった。真剣に考えているところを邪魔されて、少し苛立《いらだ》ちながらも受話器に俺は手を伸ばした。

『正樹か？　俺だ』

「……なんだ、陣か」

俺は大事な時間を無駄に使ったような気がして受話器を戻そうと思ったのだが、よくよく考えてみれば、陣も北条中尉には世話になっている。話をすれば、喜ぶかもしれない、と思って、そのまま話を続けた。

「……今日、北条中尉に会った」

俺の言葉に陣は大した反応を示さなかった。しかし、どうやら気が済んだらしく、俺の話を聞いてくれる気になっている様子だ。

「娘さんがいるんだが、やっぱり、この御時世だろ？　かなり苦労なさってるらしい」

陣は俺の話を黙って聞いている。やはり他人事ではないのだろう。

「……で、なんとかしてあげられないかなと思うんだが、陣、何か出来ないか」

『そうか、そうだよな。あの女がいたんだ！　そうか、そうか、中尉なら使えそうだ！』

陣は突然一人で納得し始めた。俺にはいったいなんのことだかさっぱりわからない。

『さっき話してたろ？　アレを中尉にやってもらうんだ』

「アレ？」

陣は、ふぅ、と大きなため息をついた。

『だから、さっきも話したろ、聞いてなかったのか？　じゃあ、もう一度話してやる』

陣は勝手に納得すると、先程話したらしいことをもう一度話し始めた。

『女の胸からいつでも母乳を搾り取れるようにしようっていう計画があってな、それには若い女よりも、一度出産して母乳が出るようになった女がいいんだとさ。しかも、出来るだけ胸のデカイ女がいいらしい。俺はその女を都合することになってたんだが、調教し甲斐《がい》のあるいい女ってなると、中尉が適任だと思うわけだ』

「そんな馬鹿げた計画に中尉を？」

俺は陣に対して猛烈な憤りを感じていた。

『その計画に参加すれば、金が入るぜ。俺たちも中尉も。悪い話じゃないはずだ』

陣は勝手にことを決定してしまっていた。もはや、陣の勢いを止めることは出来なかった。

『で、お前には、中尉を病院まで連れてきて欲しい。じゃあ、よろしく頼むぜ！』

陣は、それだけ言うと一方的に電話を切ってしまった。俺は激しい後悔に苛《さいな》まれた。

俺にどうしろというんだ？　気が重い。嫌な感覚だった。仕方なく俺は、「どこへ行くの？」と訊《き》く未菜に返事もせず、再び部屋を出た。

外に出れば、目指す場所は一つしかなかった。軍施設前だ。

軍施設の前に再び立つと、俺は何度も自問自答せずにはいられなかった。俺が軍に所属していた頃はよく北条中尉に可愛がってもらっていた。ところが、俺はそんな大事な女性を自分自身の手で、貶《おとし》めようとしている。しかし、今の俺には、目先の自分の幸せの方を優先させるしかなかった。そう言い聞かせ、中尉が出てくるのを待った。

「あら、正樹君じゃないの。どうしたのよ、また。帰ったんじゃなかったの？」

中尉は十分もしないうちに、軍施設から出てきた。運がいいのか悪いのか、よくわからない気分になる。

「何かあったの？」

中尉は俺の様子に普段と違うものを感じたのか、不思議そうに俺を見つめている。しかし、やらなければならないのだ。そう、やらなければ――。

「どうしたの？　そんな神妙な顔をして。いつもの貴方らしくないわね」

俺の気を和らげてくれようとしているのだろう。中尉はおどけた調子で、俺の肩に手を置いてきた。

俺は決心が揺らぐのを感じた。いざ目の前にこうして中尉がいると、どうしても決心が揺らいでしまうのだ。だが、選択肢は他になかった。とにかく、お互いの幸せのためにも、やるしかないのだ。

「付いて来て下さい。中尉のお子さんにとって、とても大事なことなんです。きっと、俺がお役に立てると思います」

俺はとうとうそう言ってしまった。もう後戻りは出来ない。

「生活の……こと？」

「付いて来て下されば、わかります……」

中尉は俺の顔をじっと見つめていたが、俺を信用してくれる気になったのか、にっこりと微笑《ほほえ》んで俺の後に続いて歩き出した。

病院へと向かう間も、俺は本当にこの人を騙《だま》してしまっていいのかと自問自答していた。この人に辛《つら》い思いをさせていいのか？　だが、そうこうしているうちに、病院に着いてしまったのだった。すると、今までまったく動じなかった中尉が、突然立ち止まった。

「この病院？　こんなところで話をするの？」

中尉は明らかに俺を疑っている顔をしていた。だが、俺は中尉を連れてそのまま真っ直ぐ、地下室に向かった。

「なんなのここは……」

中尉は、地下室に入って開口一番そう言った。声も少し上擦《うわず》って、頼りなげに聞こえた。

「単刀直入に申します。ここで行われる実験に協力していただきたいのです」

そう言いながら俺は後ろ手にドアを閉め、中尉を見つめた。

「どういうことなの、正樹君？　私の娘のことで話があるというから、私は付いて来たのよ？」

中尉は、絶え間なく四方に視線を走らせ、俺と視線を合わせようとはしない。その表情は明らかに不安気だった。

「ありますとも。北条中尉、いや、由利。お前は娘のせいで生活が苦しいと言っていたよな？」

俺は意図的に乱暴な言葉遣いをした。俺の言葉は図星を突いていたようだった。由利はうなだれ、言葉を失っている。

「ええ、そうね。貴方の言うとおりよ。でも、それがどうしたって言うの？」

「ここでの計画に参加してくれれば、子供の生活は保障する」

由利は一瞬、呆然《ぼうぜん》としたようだった。思いもかけない言葉だったのかもしれない。しかし、俺がその表情の変化に気が付いたと知るや、俺を睨《にら》み付けてきた。

「嫌だと言ったら？」

「言えるわけがない。娘の将来がかかっているんだから。それとも、逃げてみるか？」

由利は惚《ほう》けたような顔で俺を見ていたが、一瞬の隙《すき》を突いて俺の横をすり抜けてドアノブを掴《つか》む。だが、俺は平然と言葉を続けた。

「言い忘れていたが、ここから逃げられたとしても、いつかは捕まる。そうしたら、娘の生活の保障はない上に、お前はここで計画に参加することになる。これはもう、決定事項だ。お前は狙《ねら》われたんだよ」

由利はドアノブを掴んだまま床に崩れていく。しかし、由利は静かに立ち上がり、諦《あきら》めたような表情でポツリポツリと話し始めた。

「ここが今、頻繁に起こっている神隠しの原因だったのね。今まで神隠しにあった女性たちは、ここに連れて来られていた……。そういうことでしょう？」

俺は由利の質問に無言で頷《うなず》いた。

「俺は、お前の知っている昔の俺じゃない……」

「本当に、娘の生活を保障してくれるのね……」

「ああ、もちろんだ」

由利はしばらく考えこんでいたが、やがて静かに言った。

「わかったわ。貴方の条件をのむわ」

「よし、商談成立だ」

俺はすぐさま心を鬼にして実行に取りかかった。間をおけば、俺は妙な同情に心を動かされてしまうかもしれないという気がしていたからだ。

「まずはその邪魔な軍服を脱いでもらおうか」

由利の熟れた肢体を舐《な》めるように視線を浴びせかけながら、低い声で言った。由利は俺の視線から身体を庇《かば》うようにして、一歩後ろに後ずさった。

「随分と警戒しているようだが、服を脱ぐことに抵抗でもあるのか？」

「当たり前よ。あなたに見せるような身体は持ち合わせてないわ！」

「いいか、良く聞けよ？　お前が俺の言うことを素直に聞きさえすれば、子供の生活は保障すると言ってやっているんだ。素直に聞けないのならば、お前もお前の子供も命の保証はない。それでも子供を捨てるのか？　お前が本当に母親といえるのなら、答えは明白だと思うがな」

由利は自らの胸元を握り締め、ぐっと唇を噛《か》みしめて怒りを押し殺そうとしているかのようだった。しかし、徐々に唇の震えが収まっていき、胸元を掴んでいた手からフッと力が抜けると、決心したようにその手が軍服を繋《つな》ぎ止めるボタンへと延びていく。由利は凛《りん》とした態度を崩さぬまま、しっかりとした手つきで服を脱ぎ去っていった。

「これでいいんでしょ！」

「そんなわけないだろう」

俺は低く笑いながら、由利を乱暴に掴み上げると、全身に拘束器具を巻き付けた。由利の豊満な身体が締め上げられ、誇らしげに実った乳房がはち切れんばかりにはみ出す。

「そうだな。まずはコイツをしゃぶってもらおうか」

俺は由利の言葉を無視して、肩を押さえこんで強引にしゃがませると、股間《こかん》にそそり立ったグロテスクな肉棒を由利の眼前に突き付けた。

「誰がこんな汚らしいモノを！」

由利は首を振って、眼の前で反り返っている怒張から顔を背けようとする。俺は由利の髪を掴んで捻り上げ、俺の顔を仰ぎ見させると、血走った眼で睨み付けてきた。

「もう一度言ってやる。子供がどうなってもいいのか！」

気丈な態度を装っていた由利だが、子供の生活という言葉に肩を震わせた。

「わかり……ました……」

由利は渋々、俺の肉棒に指先を触れさせ、しなやかな手つきでしごき始めた。肉茎をゆっくりと根本から擦り上げ、カリで折り返して根本へと下ろしてくる。

「おい、俺はしゃぶれと言わなかったか？」

由利は一瞬、眉間《みけん》に皺《しわ》を寄せて、鋭い目つきで俺を睨み上げるが、諦めたようにため息を吐くと、舌先を血管の浮き出た剛直へと這《は》わせていった。竿《さお》を斜めに倒しながら、濡《ぬ》れ光った舌で肉棒に唾液《だえき》を塗り付けてくる。

「じれったい奴だな、ほら！」

「ふぐっ、んっ、んぐっ」

髪を掴んで押さえこみ、中途半端に開かれた唇を強引に割ると、由利は激しく咽《む》せた。一瞬、由利の眉間に深く縦皺が刻まれたが、そのまま震える唇を肉幹にかぶせると、一気に喉奥《のどおく》へと剛直を含んできた。

「んんっ、あぅうっ、くぅうっ」

由利は頭を前後させて、口一杯に拡がっている肉棒の重みを顎《あご》で支えながら頬《ほお》を震わせていた。口の中から俺の怒張が顔を覗《のぞ》かせると、絡みついた唾液が照明に反射して、てらてらと淫《みだ》らな光を発している。

「……でかい胸だな」

俺はその膨れ上がった乳房を鷲掴みにして揉《も》みしだきながら上下に揺さぶり、弄《もてあそ》んだ。そして首輪を填《は》め、乳房を括《くく》り出す枷《かせ》をつけて、両者を連結した。

「くぼっ、ぐけぇっ、ふぁぁっ」

俺が腰を前後させる度に蛙が押しつぶされたような奇妙な呻《うめ》き声が上がり、由利の瞳から大粒の涙がボロボロと零《こぼ》れ落ちていく。

だが、由利の口から分泌される唾液は、肉棒に存分に絡みつき、由利の唇との摩擦を滑らかなものにしている。気が付けば、由利の肌がいつの間にか朱色に染まり、ところどころに大粒の汗が浮き出ていた。俺の股間に吹きかけられる吐息も甘く切ないものになっている。

「くっ！　もういい」

由利の口内に俺の怒張が激しく吸い上げられ、同時に煮えたぎるマグマの塊が下腹部で膨れ上がりそうな気配を見せる。

俺は白濁液を吐き出したい欲求をなんとか堪《こら》え、由利の頭を引き離した。

「危うくイってしまうところだったよ」

俺はそんな由利を嘲笑した。由利はキッと俺を睨み付けてきた。

「何よ、その笑いは……」

「そう怒るな。せっかく火照った身体が冷めてしまう。なんのために途中で止めさせた思っているんだ？」

「何を、何をさせるつもりなのよ？」

「さっきと同じだ。俺を満足させればいい。ただし、下の口でだ」

俺は備え付けのベッドに横になって由利を待ち構えた。しかし、由利はなかなか俺の側《そば》に来ようとせず、拳《こぶし》を握り締めてブルブルと肩を震わせている。

やがて、由利は意を決したようにベッドに上がり、天を仰いでいる俺の下半身を跨《また》いで膝《ひざ》をついた。そして俺の血管の浮き出た唾液まみれの肉棒を右手で押さえて固定し、下肢を小刻みに震わしながら腰を落としてきた。

「うっ!」

先端が由利の秘裂に触れた瞬間、由利は飛び退くように腰を浮かした。俺はそんな由利の一挙一動を唇の端を吊《つ》り上げながらじっと見ていた。俺の方から動こうとはしなかった。由利が自ら腰を落とし、俺の肉棒を受け入れたという事実が必要なのだ。

「はぁ、はぁ……」

由利の瞳が潤いを帯び、熱い吐息が漏れている。

「はぁ、はぁっ、んっ!」

ジュプッという音とともに、先端が生温かい温もりで包まれた。濡れたベルベットの布地のような感触の温もりは、じわじわと腰から広がり、背筋を這い上がってくる。俺は結合部分をじっと見つめた。亀頭部分が由利の割れ目に滑りこみ、ピンク色の肉のビラビラを掻《か》き分けて中へとめりこんでいった。

「あ、あぁっ、んぅうっ」

コツンと先端に何かが当たる感触が伝わり、俺の肉棒は由利の肉裂の中に根本までズッポリと埋まっていた。由利は自分の中に侵入してきた肉棒の感触に酔いしれるように腰をひくつかせて、荒い息を吐いている。

「あ、はぁ、んふぅっ！」

由利はその腰の動きを徐々に速めていった。肉棒の出入りが速まると、由利は堪えられなくなったのか、汗で濡れ光る白い背中を震わせ始めた。

「嫌がってたくせに、お前のおマ×コの中はえらく濡れているじゃないか」

俺はタプンタプンと上下に撥《は》ねて重みを誇示している乳房に手を伸ばし、下から捏《こ》ね上げるようにして軽く揉み立てた。俺の手には到底収まりきらない乳房の頂点に付いている突起がプクンと膨れ上がり、ツンと上向いてくる。

「ち、違う、私は……あの子のためにっ！　んふぅっ、ひぃぃっ」

微かに残っている理性が拠りどころを求めて、由利は我が子にすがっているようだった。

「娘が見たらさぞ喜ぶだろうな。私のためにお尻を振ってくれてありがとうってな！」

俺はそう言って由利の恥骨を掴み、激しく腰を突き上げた。由利の身体が跳ね上がり、上擦ったよがり声が病院の地下室に吸いこまれていく。肉洞から溢《あふ》れ出した蜜液《みつえき》が腰を打ち付ける度に弾《はじ》け飛び、ビチャビチャと卑猥《ひわい》な音を奏でた。指先を擦り合わせ、固く尖《とが》った乳首をグリグリと刺激してやると、由利が背中を反らせて喘《あえ》いだ。

「ひっ、ひぁぁっ、ふぅぅっ」

由利の腰の動きが今まで以上に激しくなり、貪欲に俺のペニスをくわえこみ、締め上げてくる。一気に肉壺《にくつぼ》の媚粘膜《びねんまく》が収縮し、奥まで練りこんだ肉棒を絞りあげてくるのだ。

「んぅっ、あ、あぁぁっ！　イ、イクッ！」

由利は声を裏返らせると、汗でキラキラと艶光《つやびか》る背中を反り返らせて伸び上がり、全身をぶるぶると震わして、そして硬直した。同時に俺の下半身から激しい脈流が駆け上った。

「お前の中にぶちまけてやるっ！」

「ひぃぃあぁぁ！」

股間の甘い痺《しび》れは限界に達していた。俺は一気に抑制を解き放った。白濁の溶岩は、完璧に由利の膣奥《ちつおく》をドロドロに打ち抜いていく。

「うはぁぁぁ……」

由利の内奥へぶちまけるような大量の吐精を果たし、役目を終えた肉棒をズルリと引き抜くと、射出されたばかりの精液が、由利の肉裂からダラリと溢れ出してきた。同時に絶頂感で陶酔しきった由利が俺の胸元へと倒れこみ、荒い息を俺の身体に吹きかけてきていた。

俺は由利の身体を引き剥《は》がして起き上がると、ベッドから離れる。疲れ切った由利は未だに恍惚《こうこつ》とした表情でベッドに横たわったまま、息を荒げていた。

「……おいっ！」

俺は由利の頬を平手ではたいて、眼を覚まさせる。俺は注射器を握っていた。これからが本当の仕事なのだ。

由利の瞼《まぶた》がゆっくりと開き、眩《まぶ》しそうに手を翳《かざ》しながら俺の方に眼を向けた。由利は俺の手に握られていた注射器に気付き、眼を剥《む》いて飛び起きる。

「これがなんだかわかるか？」

俺は注射器を指先でピンと弾いて、中に入っている液体を揺らしてみせた。

「これが、最初に言っていた計画の内容だ。といっても、俺も詳しいことは知らないが、なんでもコイツを使い続けると、母乳をいつでも搾り取れるような身体になるという話だ。まあ、家畜の代わりになる女を仕立て上げようってハラだろうよ」

そして俺は由利を押し倒して、馬乗りに由利の上に覆い被《かぶ》さった。由利は必死に手足をバタつかせて、俺の身体を払いのけようとしてきた。

「い、イヤ、やめてぇぇっ」

「大人しくしろ！」

この薬液は乳腺《にゅうせん》に打たないと効果が出ないらしいのだが、由利の手が邪魔になってうまく狙いが定まらない。

「確かに実験には参加すると言ったけど、こんな内容だなんて聞いてないわ！」

「娘の生活の代償は高くつくということだ」

由利は唇を噛みしめ、黙っていた。

「娘の生活保障を条件に、この計画への協力を承諾した時点で、お前はどうなってもいいと覚悟したはずだ」

そう言うと、由利の瞳から涙が一滴、跡を残しながら頬を伝い流れ落ちていった。そして眼を閉じたまま、胸を庇っていた腕を退け、怯《おび》えた呼吸で揺れる乳房をさらけ出した。

「やっと観念したか」

俺はそう言って、豊満な乳房の真ん中に起立していた乳頭に注射器の針を突き刺した。

「ひっ、ひぁぁぁっ」

由利は痛みに表情を歪《ゆが》ませながらも、俺に声をかけてきた。

「正樹君、貴方とても辛そうな表情しているわ、自分でわかってる？」

俺は内心、ドキッとした。しかし、ここで怯《ひる》むわけにはいかない。俺は無言で由利の手首に拘束具を付け、さらに鉄鎖を付けて、手元に垂れている鎖を力一杯引っ張った。鉄鎖がジャラジャラと耳障りな金属音を立てて下に引き下がると、由利の両腕が天井方向に引っ張られ、全身が浮き上がった。

「な、何するのよ！」

「暴れられると困るんでね」

俺はそう言って、手の平に乗せた小さな金属を由利に見せ、由利が身体を振るごとに暴れ回る二つの膨らみに手を伸ばした。

「な、何よそのピアス、い、いやぁっ、痛いっ」

「よく似合うじゃないか……」

両方の乳首の先端に通されたピアスを通すと、ピンッと指で弾き、俺は後ろから由利の腿を抱え上げた。そして濡れはじめたばかりの秘洞に、猛り狂う剛直をズプズプと埋めこんでいく。身体が浮いているので、由利の体重がすべて結合部にのし掛かり、後ろから突き上げる力を倍増させた。

「あっ、はぁぁっ！」

根本まで隙間なくビッチリとくわえこませたところで、腰を落ち着け、肉壺の温もりをじっくりと堪能する。強引に自分の中に押し入ってきた肉棒の軋《きし》みと、うなじを這う舌の感触で、由利はゾクゾクと背筋を震わせ、首を仰け反らせていた。

「つはぁっ!!　お、奥に！」

俺はゆっくりと、亀頭が媚壁を擦っていく感触を味わいながら肉棒を引き抜いていった。

「あうっ、くぁっ」

由利は内臓が引きずり出されていくような感触に身を震わせ、甘美な喘ぎ声で応えた。

徐々に顔を見せる怒張には、挿入前には付着していなかったはずのヌルヌルの粘液が、存分に絡みついている。俺は濡れ光る自分の肉茎を見て、一気に腰を深く突きこんだ。途端に、熱く濡れた媚壁が肉幹に絡みついてくる。

「あっ、あ、あ、あ、はぁっ」

　まるで俺の腰の動きを待ちかねていたかのように由利が身を捩ってよがり声を上げる。腰の動きと相まって、たわわに実った両の乳房が激しく揺れ動き、俺のリズムに合わせるように上下に踊った。乳首に通してあるピアスが、跳ね上がる乳房に彩りを添えている。

「くはぁ、あはぁ」

　乳房が暴れることでピアスが乳首との間に摩擦を生み、ピンピンに勃《た》った乳首を更に紅く充血させた。由利の肉壺はすでにグショグショに蜜で濡れていて、剛棒をくわえこんだ肉裂の端からはおびただしい量の愛液が溢れ出してくる。そして、量感たっぷりのその胸を手の中に納め、ついでに恥ずかしいほどに勃った乳首を摘んで弄んだ。すでに頂点の近くを漂っていた由利の火照った

身体は、ピアスを付けられたことでますます敏感になっていた乳首への刺激のせいで、一気に絶頂まで上り詰める。

「ダメッ、私……あぁぁっっ！」

淫らに髪を振り乱して仰け反り、由利は爪先《つまさき》を突っ張らせて、下腹部をヒクヒクと痙攣《けいれん》させた。そして、肉壺がジュンと熱くなったかと思うと、媚壁が痛いほど俺の剛直を締め付け、由利はそのまま首を垂れてだらしなく脱力した。半開きの口から零れた唾液が顎を伝って、胸にまで流れ落ち、大粒の汗と混じってキラキラと輝いている。

「好きなだけイクといい。何度でもイかせてやる」

俺は由利と繋がったまま、力の抜けた由利の身体を抱え起こし、大きく腰を振って、再び怒張を打ちこんだ。左右の胸が腰のスライドに合わせて上下に躍る。激しく腰を打ち付けると胸が顎の辺りまで浮き上がり、さらに腰の動きを速めて、揺れ動く乳房を揉み立てた。

「や、止めてっ、そんなに胸を揉まないでっ」

俺は構わず、執拗《しつよう》なまでに乳房を責め立てる。ピアスの間に指を通し、淫らに勃起《ぼっき》する乳首を、クリクリとほぐすように弄んだ。

抱え上げた尻から出入りする肉竿は一層その凶暴さを増している。俺はグチョグチョの中身を掻き回すように腰をグラインドさせた。

「くっ、そ、そんなに激しくしないで……あぅぅっ」

由利の喘ぎ声が甲高く裏返り、剛直を包みこむ果肉がザワザワと蠢《うごめ》き出す。

「ああっ、私……私……またイッちゃうっ！」

「またイったか。だらしない奴め」

俺はとめどなく愛液を溢れさせてくる肉裂からズルリとペニスを引き抜くと、固定してあった鎖を外して、由利を床に下ろした。由利は二度目の絶頂に酔いしれ、恍惚としたまま冷たい床にへたりこんでいる。俺は座りこんでいる由利の鼻先に大きく反り返った怒張を突き付けた。

「はぁ、あぁ……」

由利はさっきまで自分の肉壺で暴れ回り、自分が分泌した愛液で濡れた肉棒を、呆然と見つめていた。

「さぁ、その胸で俺に奉仕しろ」

「わかり……ました……」

由利は言われるままにおずおずと乳房を寄せ、鎌首をもたげた肉棒をゆっくりと柔らかな乳肉で包んできた。

そして由利は、つたない手つきで乳房を寄せて亀頭を挟みこみ、乳肉を揺らし始めた。

自由に形を変える乳房がまるで吸い付くように肉幹に張りつき、やわやわとカリ首を擦り上げる。肉棒にベットリとまとわりついていた粘液が乳肉に塗り付けられて、ヌルヌルになった。

「んんっ、んっ」

　由利は時折谷間から頭を覗かせる亀頭から顔を背け、たどたどしく胸を上下させている。嫌々やっているという気持ちが、その仕草や動作に明確に表れていた。俺は乳首に通してあるピアスに鎖を引っかけて、思い切り引っ張った。鎖がピンと張って、引き付けられた乳房が信じられないほど引き伸ばされる。引っ張る力が最大限に加わる乳首は、哀れなほど鬱血《うっけつ》し、今にも引き千切られて弾け飛びそうだった。

「ひ、ひいぃっ、い、痛いぃっ！　痛いから引っ張るのは止めて！」

　俺は鎖から手を放して、ふうっとため息を吐いた。由利は肩を落として大きく息を吐くと、観念したのか、量感のある乳房を肉棒にかぶせ、タプタプと乳肉を揺らし始める。ズッシリした重みが肉棒を圧し潰すかのように

圧迫してきた。

　由利は乳房を激しく揺らし、肉棒をシゴキ立ててくる。由利の繊細な指が豊満な乳房に喰いこんで沈み、左右から乳肉を脈打つ肉幹を挟みこむようにして押し付けた。

「うはぁっ！」

　由利は肩を震わせながら、脱力しかけた腕を持ち上げて、乳肉を擦りつけてくる。乳首に走る疼痛《とうつう》のためか、時折ピクンピクンと痙攣する柔肉の感触が心地いい。

　やがて、由利の口が力なく半開きになり、唾液でヌメヌメと淡い輝きを放つ唇から甘い吐息が漏れた。血管の透けるような白い肌が、怒張に擦りつけられ、みるみる薄桃色に染まっていく。白磁器のようだった乳房はすっかり薄桃色に染まり、剛直が狭間《はざま》で暴れるたびにキラキラと大粒の汗が飛び散って行った。

「お前のこのいやらしい胸は感じやすいからなぁ」

　俺が不意に鎖を引いて乳房を引っ張り上げてやると、由利は痛がるどころか逆に躰を震わせて一層激しく乳肉を擦り付けてきた。張り詰めた乳肉を磨りつぶすようにペニスをめりこませると、か細い悲鳴が女の喉から絞り出され、地下室の闇にのみこまれていく。やがて柔肉に揉まれ続ける肉棒がムズムズとした興奮を訴えかけてきた。俺はその感覚を加速させるため、挟みこまれた谷間で激しく肉棒を前後させ、乳肉に擦り付ける。

「んんぅっ！　あはぁ！　もっとぉ」

さんざん嬲《なぶ》られて淫らさを増した重量感タップリの乳房を乱暴に突き動かすと、一気に射精感が高まった。

「そら！　顔を向けろ！」

俺は乳肉の中にとっぷりと沈んでいた怒張を抜き出し、由利の鼻先に鈴口を向ける。その瞬間、由利の眼前で怒張が脈打って、白い溶岩が飛び出し、美しい顔にたっぷりと降り注いでいった。

「あぁぁぁ……」

由利は睫《まつげ》にまで浴びせかけられるベトベトの精液の勢いに顔をしかめながらも、白い汚濁をすべてその顔で受け止めた。顔中にへばりついた精液は顎を伝って鎖骨を流れ、胸の谷間へと白い糸を引きながら滴り落ちていった。

第六章　汚されたアイドル

俺は病院の地下室に監禁してきた由利のことを考えていた。あのまま調教を続ければ、一人前の奴隷に仕立て上げることができるかもしれない。だが、たとえそれが由利のためになるとしても、あの北条由利中尉にそんなことをしていいのか？　それを考えると、俺はどうしても病院の地下室へと向かう気にはなれなかった。

しかし、残された日数はあと四日しかない。とにかくあと四日以内に陣に奴隷を差し出さないと、冴子を救ってやることはできないのだ。あるいは、未菜をそのまま奴隷に仕立て上げることもできるかもしれない。だが、隣にいる無邪気な未菜を見ていると、これまたどうしてもそんな気にはなれなかった。未菜の無邪気さを見ていると、冴子とだぶって見えてきてしまうのだ。

とにかく、新しい奴隷を探すしかない。俺はそう思い、重い身体を引きずって、外に出た。当てもなく街をさまよい、３ＤＴＶの前でボーッとしていると、ふいにあの公園で犯した少女のことを思い出した。あの少女なら、見こみがあるかもしれない。たしか、「３ＤＴＶの前で待っているからな」とあの少女に言ったはずだ。

だが、当然のことながら、少女が来る様子はなかった。小生意気な娘だったから、仕方ない。そうは思ったが、あれだけのことをされて俺から逃げられるとは思っていないだろう。俺はとりあえず辺りを捜してみることにした。

あの夜散々走り回らされた入り組んだ路地。もうこんなところを汗だくになって走り回るのはご免だと思ったが、あの少女を捜すためなら仕方ない。

「きゃぁぁぁっ！」

その時、突然、悲鳴が聞こえた。もっとも、こういう場所でならそれほど珍しくもない。この荒《すさ》んだ世の中では、レイプは日常茶飯事的な非常に些末《さまつ》なことなのだ。しかし、どういうわけか俺はその声に聞き覚えがあった。しかも、ごく最近のような気がしたのだ。

俺はもう走りたくないと思っていた路地裏を走って、出来るだけ急いで声の聞こえる場所を目指した。すると、そこにはあの少女がいた。少女は複数の男に取り囲まれ、金網に背後を塞《ふさ》がれて、完全に逃げ場を失っている。服は破かれ、あの夜俺自身が楽しんだ張りのあるの乳房が露《あら》わになっていた。

「い、いやぁっ、こ、来ないでえっ！」

男たちから必死に逃げようとするが、後ろは金網、それ以外はすべて男たちに囲まれていて、脱出不能に陥っている。娘は異常に怯《おび》えた様子で、じりじりと接近する男たちから後ずさりして、少しでも距離を保とうとしていた。だが、すぐに後ろの金網に完全に追いこまれてしまったのだ。

「いやぁぁっ！」

娘は狂ったように叫び、男たちに背を向けて金網によじ登ろうとするのだが、男たちによって引きずり落とされる。娘は完全に錯乱した様子で、歯の根も合っていない。異常なほどに怯えているようだった。

早く助けなければ——俺はそう思って少女の方へと駆け寄った。

「待て」

そう言った瞬間、その場の全員が一斉に俺の方を見た。だが、たじろぐわけにはいかない。俺は一番手近なヤツの顔面をいきなり殴り付けた。昔取った杵柄《きねづか》、街のチンピラ程度に遅れを取ることはないのだ。

しかし、人数が多いため、油断はできなかった。チンピラどもが固まっている間に、さっさと片付けてしまおうと思ったが、そうそう考えどおりには行かない。

「ちぃっ！」

俺は正面に気を取られている隙《すき》を突かれ、いとも簡単に背後を取られてしまった。覚悟を決めるしかなかった。俺は必死に戦った。だが、相手の人数が多い。なんとかチンピラたちを退散させることに成功したが、俺はボロボロにされた。気が付けば、俺は気を失っていたのだ。

「何でボクを助けたの……そんなに殴られて……」

ようやく我に返ると、俺の目の前に、少女の顔があった。情けないことに、全身が痛かった。文字通りの満身創痍《まんしんそうい》だ。

「別におじさんは、ボクがどうなろうと関係ないんじゃないの？」

俺が何も答えずにいると、少女はなおも言葉を続けた。

「ねえ、ボクの言うこと聞いてる？」

「……お前は俺の物だ。お前は俺だけに犯されればいい。他のヤツが犯すのは許せん」

俺の言葉に娘の表情は、どこか嬉《うれ》しそうでもあり、気恥ずかしそうでもあった。

「どうして？　ボクなんかを俺の物だなんて……おじさん、変だよ。ボクは、ボクは……」

「ソフィアのようじゃないって、言いたいのか？」

俺がようやく立ち上がりながら言うと、少女はコクンと小さく頷《うなず》いた。

「ボクは、とても汚れてるんだ。きれいじゃないんだ。だから……」

「……まぁ、なんだな、世の中には物好きもいるってことだ。俺みたいに、な」

「えっ？」

「お前がなんで汚れてるかは知らないが、とにかく、お前は俺の物だ」

「ほんとに？」

「俺は、理由もなく怪我をして喜ぶような男じゃない」

パンパンとズボンについた埃《ほこり》を払いながら言うと、少女は嬉しそうな顔をした。

「それって、おじさんはボクのことが好きってことだよね？」

「さあな。とにかく、今後は、あんなことが起きないようにしろ。毎度、毎度、こんな目に遭っていたら身体が保たないからな。わかったか？」

マリエルは頷いた。かつて、あれだけ犯したのに、少女は俺に対して妙に安心した表情を見せている。不思議なものだ。

「ねぇ、おじさん。ボクとデートしようよ」

突拍子もない発言に、俺は一瞬、唖然《あぜん》とせずにはいられなかった。

「お前とデートをすると何か良いことがあるのか？」

少女は何やら考えていたようだったが、しばらくしてポンと手を打った。

「デートが終わったら、なんでもする！　ボクは、まだおじさんの物になるって決めてないから、それぐらいは言うこと聞いてくれてもいいでしょ？」

俺はやれやれ、という感じで承諾した。どうにでもなれという気分だった。

「ありがとうっ！　ボク、マリエル・リーガン。マリエルでいいよ、おじさん」

しかし、マリエルの言うデートというのは、実際のところひたすら街を歩くだけだった。何かを見つけては、そこまで走り、眺めるだけ眺めたら、また次へ――そんな感じだったのだ。

「ねえ、お茶しようよ」

マリエルがそう言ってきた。マリエルは小さなオープンカフェテラス――というほど上等ではないが、屋外に席のある喫茶店を指差している。

「ああ」

俺もいい加減疲れてきていたところだったので、すぐに承諾した。やっと無益な徒歩から解放されると思うと、心底有り難かった。なにせ、荒事の後で身体中が痛いのだ。

喫茶店に入ると、マリエルはアイスクリームを注文した。俺がボーッとしていると、目の前にアイスクリームが運ばれてきた。マリエルの前にも、同じ物が置いてある。俺の分まで、マリエルがまとめて注文したのだ。

「さあ、食べようよ」

マリエルはおいしそうに、無邪気にアイスクリームを口に運び始めた。見た目は大人なのに、まるで子供だな――俺はそう思った。

「おーいしーっ！」

マリエルはアイスを頬張《ほおば》り、口の中に拡がる清涼感を頬を押さえることで表現した。アイス一つでこれほど喜ばれると逆に申し訳がないと感じるのは、やはり俺が『おじさん』だからだろうか？　そう考えるとこんな若い娘と一緒にアイスを食べていることが、突然ものすごく恥ずかしいことのような気がしてきた。

「どうしたの？　食べないの？」

俺がスプーンを手にして固まっていたので、マリエルが声をかけてくる。

「……ああ、なんでもない」

そう言っても、マリエルは納得していないようだったので、俺は仕方なく再びアイスを

食べることにした。

　アイスクリームは恐ろしく冷たかった。一口で食べてしまおうとしたのがいけなかったらしい。頭がキーンとする。そんな俺を見て、マリエルは楽しそうに笑った。

「さて、食べ終わったぞ。そろそろ出ようか」

　目の前の娘と自分の年齢差を気にし出してからというもの、俺は一時たりともここに留まっていたくないと考えていた。なんだか周囲の目が気になるのだ。

「えー、もうちょっとのんびりしていこうよ」

「若い娘が何を年寄りじみたことを言っているんだ」

　不満そうな顔をしていたマリエルだったが、俺がそれを揶揄《やゆ》すると、仕方なく席を立った。店に流れていたラジオの曲が変わったのは、ちょうどそんな時だった。

「ボク、この曲……ソフィア嫌いっ！」

「この曲はソフィアの曲か。別に悪くないじゃないか？」

　俺はその曲を知らなかったので、適当なことを言った。が、ソフィアというアイドルの名前にピンとくるものがあった。

「……そういえば、あの晩もソフィアがどうのこうのと言っていたな？」

　何かイヤなところがあるのだろうと、俺なりに真剣に曲を聴いてみた。しかし、俺の耳には大して耳障りにも聞こえないし、歌詞も悪くないような気がした。別段、特にどうということはない曲だ。

「どうして嫌いなんだ？　最近じゃあ、清純派アイドルは、ソフィアぐらいだろ。猫も杓《しゃく》子《し》もソフィア、ソフィアだろうに……」

「……清純？　そんなことないよっ！」

マリエルは妙にムキになっていた。ソフィアの何が、そんなに気に障るのだろう？　俺にはそれが不思議でならなかった。

「汚れてるんだよ！　ソフィアは」

「スキャンダルをものともしないアイドルなんてますますすごいじゃないか」

俺がそう言うと、マリエルは一旦俯《うつむ》いた。そして思い詰めた顔で、俺を見つめてきた。

「ボクが……ソフィア・アレクシーヴなの」

「……ああ、そうだな」

俺はニヤリと笑って見せた。

「なんで驚かないの？」

「なんでって、見たまま、本人じゃないか。気付いていないとでも思ったのか？」

俺の言葉にマリエルは必要以上に驚いていた。だが、実は俺も驚いていた。最初に見た時から、なんとなく似ているなぁとは思っていたが、まさか本人とは思ってもいなかったのだ。

「……でも、わからんな」

「なにが？」

「マリエルもソフィアもお前本人だろう。それなのにどうしてソフィアが嫌いなんだ？」

「今日、ボクのこと助けてくれたよね。初めてだったんだ。ボクを助けてくれたのって、おじさんが初めてなんだよ」

マリエルはそう言って、悲しそうに、淡い笑みを浮かべた。

「あのなあ、忘れてるのかもしれんが、俺はあの晩、お前を襲ったんだぞ。しかも、お前が正気を失うほどの回数、そう、まるでモノでも扱うかのように、な」

俺がそう言っても、マリエルは動じなかった。

「でも、助けてくれたのは、おじさんが初めてなの。誰も、誰も、今まで助けてくれたことなんかないんだ……。みんな、ボクが汚いから、助ける必要はないって思ってるんだ。ボクなんか、いらないんだっ！　ソフィアさえいればそれでいいって思ってるんだよ！」

「だから、綺麗《きれい》、綺麗、綺麗、で通ってるソフィアが許せないわけだな」

要するにこういうことだろう。マリエルは自分が汚いのに、同じ自分であるソフィアが綺麗であるということが許せない。汚い自分は、いつか綺麗な自分であるソフィア・アレクシーヴによって淘汰《とうた》されてしまうのではないか？　つまり、アイデンティティーの喪失。マリエルは、自分が自分であるための拠りどころが希薄になっているのだ。その想いが、マリエルの中で肥大化し、それから逃れて自分は自分であるということを誇示したい。それが、マリエル・リーガンに違いなかった。これでソフィアがまったくの他人ならば、いくらでも方法はあったのだろうが、本人というのであれば、自分でどうにかするしかない。マリエルはその方法が見つからないために、ソフィアを嫌っているということだろう。

「じゃあ、俺がソフィアを汚してやる。お前の嫌いな、綺麗、綺麗なソフィアをな」

俺の言葉にマリエルは、ため息をついた。

「ちょっと、おじさん。ボクがソフィアなんだよ？　どうやって、ソフィアを汚すの？」

「……お前は、どうやってマリエルとソフィアを分けているんだ？」

そう訊《き》くと、マリエルは、言葉に詰まって何も言い返せないようだった。

「アイドル姿のお前が汚れれば、それはソフィアが汚れるということだ。違うか？」

マリエルは反論してこなかった。

「ソフィアを汚せば、お前はソフィアを愛してやれるはずだ。マリエルと同じように……いや、それ以上に汚れきったソフィアを想像してみろ。きっと好きになれる。とにかく、俺がアイドルのソフィア・アレクシーヴを汚してやる。徹底的にな！」

マリエルは、もはや俺に逆らいはしなかった。俺はアイドルを抱くということに奇妙な興奮を覚えながら、マリエルを自分の部屋へと連れていくことにした。マリエルは黙って俺に付いてくるだけだった。要するに、納得しているということなのだろう。

「へー、ここに住んでるんだ」

俺の部屋に着くと、マリエルは開口一番、そう言った。俺は何も言わずマリエルを連れて自宅に入り、未菜のいる部屋を避けて「こっちだ」と言ってすぐに地下室へと向かった。

「入れ」

少しためらっている様子のマリエルの背中を押して、俺は地下室の中へと導いた。

「暗くて、なんか良く見えないよ」

「すぐに慣れる」

俺はそう言ったが、マリエルの言うとおり、地下室は確かに暗かった。唯一の光源である電球の淡い光が部屋の中を照らしても、部屋の隅々までは光が届かないのだ。

「なんか、変な器具がいっぱいあるね……」

マリエルは地下室の中を見回しながら言った。だが、マリエルの表情からは、それが不安なのか、期待なのかは見て取れなかった。

「見ているだけじゃつまらないだろう」

「そんなことないんだけど……」

マリエルはそう言って、頭を掻《か》き、照れたような、怯えたような顔をした。俺はそんなマリエルを見て、不思議に思った。マリエルは果たしてこれから自分の身に起こることに怯えているのか、期待しているのか、よくわからなかったからだ。だが、そんなことはどうでもいいような気がして、俺はマリエルが持っていたバッグをひったくった。

「あっ、何するの」

「これに着替えろ」

俺はバッグの中から、ソフィアがステージで着る派手な衣装を取り出し、マリエルに投げた。マリエルは、胸元でそれを受け止め、不思議そうな表情をこちらに向けた。だが、すぐに覚悟を決めたようだった。

「わかったよ……」

マリエルは俯き、上着に手をかける。すぐさま上目遣いで俺の視線を確認すると、ぷいっと後ろを向いて、ラフな服を脱ぎ始めた。

「こっちを向け」

俺がそう言うと、マリエルはびくりと反応し、恥ずかしそうにこちらを向いて、一枚一枚、丁寧に服を脱ぎ去っていく。

「邪魔なモノはついでに脱いでおけよ。破ってもいいんなら別だがな……」

マリエルが下着姿で衣装を着付けている途中に、下着を指差して言うと、マリエルは黙りこみ、先にひらひらしたスカートを穿《は》いて中が見えないようにしてから、下着に手をかけてスルスルと降ろしていった。俺はニヤニヤと薄ら笑いを浮かべながら、その動作の一つ一つを堪能していた。

「服装が違うだけでこうも変わるとはな」

すっかりアイドル、そう、ソフィアになったマリエルを見て、感嘆したように言うと、マリエルは嫌悪感に満ちた眼で、自分の姿を見つめた。

「さぁ、たっぷりと汚してやる」

俺は拘束具を取り出して、マリエルの手に填《は》めようと、腕を取った。すると、マリエルは俺が掴《つか》んだ手を振り払い、心のわだかまりを映した瞳で、俺をじっと見据えてきた。

「ねえ、おじさんは、ソフィアとマリエル、どっちが好きなの？」

俺は何も答えなかった。マリエルは悲しそうな顔で、しばらく俺を見つめていたが、やがて悲しそうに顔を伏せ、ゆっくりと手を差し出してきた。俺はその手に拘束具を填め、鎖を繋《つな》いだ。

「俺は、ソフィアの皮を被《かぶ》ったマリエルが大嫌いだ」

自分でもよくわからないことを言ったのに、マリエルはすぐさまそれに同意してきた。

「ボクも大嫌いだよ」

俺のなすがままにされながら、マリエルは嬉しそうにニコリと微笑《ほほえ》み、そう言った。

華やかな衣装が薄暗がりで煌《きら》めき、マリエルはより淫靡《いんび》な雰囲気を醸し出していた。そんなマリエルをえびぞりになるように両手両足をひとまとめに拘束し、天井に吊《つ》り上げる。そして口にはマウスボール、鼻にはフックをかけて、可愛らしい顔を醜く歪《ゆが》めた。アイドルとして大衆の前で輝く姿とは対照的な、闇の中でこそ映える淫妖《いんよう》な女の姿がそこにあった。

「お前を見て熱狂する奴等がこの姿を見たら、どう思うだろうな……」

「んんぅっ」

「歓喜に打ち震える？　悲嘆に胸を裂く？　それとも蔑《さげす》んだ眼でお前を見下すか？　イメージのみで彩られた人形を壊すのはたやすいもんだ。なぜなら、今のお前は単なる、肉人形だからだ」

俺はそう言い、勃起《ぼっき》したペニスを捲《まく》り上げたスカートから覗《のぞ》く淫裂に沈めていった。

「んんっ　んーっ！」

マウスボールで口を塞がれたマリエルは、くぐもった悲鳴をあげている。だが、俺は躊《ちゅう》躇《ちょ》することなく、可憐《かれん》な肉唇を巻きこみながら血管の浮き出た肉幹を埋めこんでいった。

肉棒の先端はすぐに最奥に到達し、コツンと底にぶつかった。反り返った下腹が、内部にくわえこんでいる剛直の形を浮き彫りにし、パンパンに張っている。

「ソフィア・アレクシーヴ。それがお前のもう一つの名前だったな」

そう言いながら、俺は腰を突き動かした。うっ、と呻《うめ》いてマリエルの顔が歪む。それを見て、俺はますます腰を激しく振った。腰で円を描きながらマリエルの肉壺《にくつぼ》を掻き混ぜる。吊り上げられた身体が俺の動きに沿ってぐらぐらと揺れ、鎖が軋《きし》んだ。

「反吐《へど》が出るぞ。ソフィアを演じるお前になっ！」

押し広げられた媚壺《びつぼ》に肉の凶器を突き刺し、肉壁に擦《こす》り付けると、マリエルの眼から涙が溢《あふ》れ、塞がれた口から唾液《だえき》が零《こぼ》れた。

「反吐の代わりに俺の精液でベトベトにしてやる！　このちゃらちゃらした服も、綺麗な髪も、整った身体も、可愛らしい顔も、青臭い白濁汁でドロドロに汚してやる！」

マリエルの膝《ひざ》を押さえ、ぐいっと力をこめると、マリエルの身体は縛られた手足を支点に前に押し上げられた。そして反動で戻ってくるマリエルの恥丘に腰を乗せて、一気に突き上げる。すると、グチョッと卑猥《ひわい》な音を立ててシャフトが肉壺に吸いこまれ、代わりに内部から透明な粘液が零れ出してきた。

「ほう、今日は随分と濡《ぬ》れるじゃないか」

「んぅっ、んふぅ……」

「そうか、こういうのが好きなのかお前は。普通のセックスじゃ物足りないってわけだな。要するに、お前は変態だ。民衆たちのアイドル、ソフィア・アレクシーヴが聞いて呆《あき》れる。単なる淫乱小娘じゃないか」

俺の突き上げで、マリエルが頭を前後させると、鎖がジャラジャラと軋み、剛棒の出し入れで生まれる粘液の淫猥な響きと重なり合って、いやらしい重奏を奏でた。

「手足を縛られて、口を塞がれ、鼻にフックまでかけられているというのに、お前のオ××コはグチョグチョに濡れて俺のチ×ポを満足げにくわえこんでいる。いやらしい限りだな。こんな奴に心奪われる民衆の気がしれないぜ」

　マリエルは一つにまとめられた長い髪を振り乱し、苦痛とも喜悦ともつかない獣じみた呻き声をあげる。肉壺はすでにグショグショに蜜《みつ》で濡れており、肉茎をくわえこんだ秘裂の端からは、夥《おびただ》しい量の愛液が溢れ出してきた。俺が腰を揺する度に溢れた蜜液が細かく泡立ち、ヌチャヌチャと肉棒にまとわりついてくるのだ。

「んんっ」

　顔を紅らめて髪を振り乱すマリエルに、背後から手を伸ばして、衣装の隙間に手を差し入れ、柔らかい乳房を握り締めると、つんつんに立った乳首が、俺の指を押し返してきた。

「正直に言え！　イきそうなんだろ？」

　ふるふると首を左右に振って、否定するマリエルに対し、俺は指の股《また》に挟んだ乳首をくりくりと擦り、形のいい乳房を潰しながら揉《も》み立てる。腰の動きも速めて、濡れた肉洞を掻き回し、肉傘を擦り付けていった。

　すると、狂暴なまでに膨張したペニスの餌食《えじき》になった肉壺が腫《は》れ上がり、剛直を痛いほど締め付けてくる。下腹が痙攣《けいれん》し、キュンキュンと果肉が収縮してくるのだ。

「さぁ、イけッ！　叫べ！　お前に憧れる男どもに、よがり狂った声を聞かせてやれ！」

「んんっ、んぅぅっ」

マリエルが煌びやかな衣装を振り乱して仰け反り、身体をプルプルと震わせて肉体を硬くするのと同時に、俺の興奮も頂点を極めた。俺は欲望を抑制することなく、一気に解き放った。幾度かの怒張の脈動が、マリエルの膣奥《ちつおく》に熱い白濁液を浴びせかけ、染み出していた蜜液と混じり合って肉壺を満たしていく。マリエルもまた、身体を小刻みに痙攣させていた。

「こんなことをされてイクとはな……」

「んぅ……」

マリエルは頭を垂れて鎖の軋みに身体を預け、絶頂の余韻を噛《か》みしめている。俺が腰を引くと、怒張を引き抜いた後を追いかけるように溢れ出る白濁汁が、ドロリと床に滴った。

「お前のようなヤツはもっと汚く汚してやる必要があるな」

俺はマリエルを束縛していた鎖を外して床に降ろし、マウスボールと手足の拘束を解いて四つん這《ば》いにさせた。鼻につけたフックはそのままにしておく。

「世の男どもを虜《とりこ》にするその美貌《びぼう》を、白く濁った生臭い汁で覆ってやるよ」

俺はマリエルの鼻先に、淫蜜にまみれ、放ったばかりの精液をまとった性臭漂う肉竿《にくざお》を突き付けた。

「くわえろ」

マリエルはまだ冷めやらぬ絶頂の余韻に引きずられながら、恍惚《こうこつ》とした眼で怒張を見やり、ごくりと喉《のど》を鳴らして唇を被せてきた。

「んんっ、んぅ、はむっ」

しっとりと濡れた口内の粘膜のヌメリが肉茎を包みこみ、艶《なま》めかしく動く舌が裏筋を刺激してなんともいえない快感をもたらしてきた。マリエルは必死に頭を前後させて、口一杯に広がっている肉棒の重みを顎《あご》で支えながら頬を震わせている。その頬には、亀頭の形がくっきりと浮き出ていた。

「ん、ぷはぁ、はうぅぅっ」

マリエルは一度、ペ○スから口を離したが、荒げた息を整えながら、不安そうな視線を俺に向けてから、すぐに肉竿をくわえ直した。

「献身的だな。褒美にコイツをくれてやるよ」

俺はニヤリと笑い、マリエルの背中から腕を回して、ヒクヒクと収縮を繰り返している菊孔にバイブの先端を沈ませた。薄褐色のアヌスは、放射線状の皺《しわ》がなくなるほどに広がり、バイブを受け入れた。

「あふぅっ、んぅっ」

ズブズブと埋めこまれていくバイブの感触に、マリエルが唇を震わし、その震えが俺の肉棒に心地よい振動をもたらしてきた。直腸の奥にまでバイブを埋めこむと、尻の間からバイブの柄が顔を出し、コードが尻尾《しっぽ》のように俺の手元まで伸びている。

「薄汚れたお前にちょうど良い装飾具だろう？」

俺がそう言うと、マリエルはペニスをしゃぶりながら、手でスカートを押さえて、突き出した尻の間から覗くバイブにちらりと目をやった。

「貴金属の飾りよりもよっぽど似合ってるじゃないか」

俺は嘲笑しながら、バイブのスイッチを入れた。途端に、マリエルのきゅっと丸まった白いヒップが震えて、身体を支える手足が小刻みに痙攣する。マリエルは堪《こら》えきれずに口から怒張を吐き出し、がくりと肩を落とした。

「こら、吐き出すんじゃない」

予想通りの展開にほくそ笑み、俺はマリエルの鼻にかけたフックをくいっと引っ張った。マリエルは荒い息を吐きながら、釣られたように顔を上げる。その顔は、豚のように醜く歪んでいた。

「汚いお前にコイツは不可欠なんだ。もっと汚して欲しいんだろ？」

唾液と先走り汁にまみれた肉茎をところ構わず擦り付けて、俺はマリエルの整った顔にヌルヌルの粘液を塗りたくった。にもかかわらず、マリエルはまるで甘える子猫のように自分から肉棒に顔をすり寄せてくる。

「汚して下さい。ボクの顔……おじさんの精液でぐちゃぐちゃにして……」

マリエルは貪るように肉棒にしゃぶりつき、舌全体を蠢《うごめ》かせてきた。その目は、完全に陶酔していた。

「ああ、好きなだけ汚してやるよ」

「んんっ、んむぅっ」

口の中から俺の怒張が顔を覗かせると、絡みついた唾液が電灯に反射して、テラテラと淫《みだ》らに濡れて光っていた。バイブの振動はマリエルのアヌスに刺激を与え続け、股間《こかん》から滴り落ちる花蜜が、床に染みを広げていった。

俺はマリエルの口淫の激しさに合わせるように、更に怒張を深々と突き入れて喉の奥に亀頭を擦り付けていった。

「はむぅっ、うぅっ」

俺の高まりと相まって、マリエルが背筋をヒクヒクと痙攣させて、一気に絶頂へと駆け昇っていくのが手に取るようにわかる。そして俺も限界を迎えようとしていた。股間のあたりが甘く痺《しび》れてくる。

「お望みどおり、お前の顔をグチャグチャにしてやるよ」

俺は上擦った声でそう言い、抑制を解いた。そして柔らかく張り付いてくるような口内の感触から解放されると同時に、ドクンと背筋を電流が走った。

「いっぱい、いっぱいかけてぇっ」

俺の肉棒は狂ったように暴れまわりながら何度も脈打ち、マリエルの顔に白濁の液体をこれでもかと撒き散らしていく。マリエルは目を閉じて、シャワーでも浴びているように飛び散る液体に顔を向けていいた。俺は極限の快感の中で、フックで広げられた鼻の穴に怒張をあてがい、迸《ほとばし》る精液の餌食にした。

「ぐぷっ、ゲホッ、がはぁっ！」

放たれた精液は鼻腔《びこう》を通って口腔に流れ出し、咽《む》せこんだマリエルの口から吐き出される。最後の一絞りが、ドロリとマリエルの顔面に降り注ぐと、マリエルは喜悦で満たされた顔を上げて俺を見上げてきた。

「あぅ、ボクの顔……汚れてる？」

マリエルの股間からコトリとバイブが抜け落ち、腰が抜けたように尻をつく。

「ああ、いい顔になったよ、マリエル」

俺がそう言うと、マリエルは嬉しそうに微笑んだ。その隙間をぬってドロドロと滴り落ちる生臭い精液が、マリエルの笑顔を無惨に、そして華やかに色を添えていた。

第七章　堕ちた姉妹

未菜、千里、由利、マリエル。俺は四人もの女を犯してしまった。にもかかわらず、誰一人として奴隷に仕立て上げられてはいない。俺はいったい何をやっているんだ？　もう残された日数は少ないんだぞ。そう自分に言い聞かせても、どうしていいのかよくわからなかった。気になるのは、冴子のことばかりだ。その冴子のために「仕事」をしようとしているにもかかわらず――。

いったいどうすればいいんだろう？　俺はそんなことを考えながら、ふらふらと路地裏を歩いていた。何か例えようもない恐怖感が背中を走りぬけていくのを覚えたのは、その時のことだった。

「見つけたでぇ」

女の声が聞こえる。地面を揺るがすような、戦慄《せんりつ》を覚えずにはいられない低い声だ。だが、俺は声の主が誰なのかすぐに見当が付いた。聞き覚えがあったのだ。そしてどんな表情をしているのかまで想像がつく。

俺は現実から逃げたい衝動にかられたが、覚悟を決めてゆっくりと振り向いた。そこには予想通り眉《まゆ》を吊《つ》り上げ、腕組みをして仁王立ちをしている千春がいた。

「今日は、絶対逃がさへんからなぁ」

後ろから殺気をはらんだオーラが見えてもおかしくないような勢いだ。声も凄《すご》みが利いていて、数秒前までは静かだった周辺の空気を震わせているように思えるほどだった。

俺は無意識に二歩、三歩と、じりじりと後ずさりをしていった。だが、千春は前屈《まえかが》みの姿勢で、上目遣いで睨《にら》み付けながら、どんどん詰め寄ってくる。必死に後ずさりするのだが、すぐに俺の背中に壁が当たった。もう逃げ場はない。

千春は身体を触れるほど俺の側《そば》までくると、背伸びをして顔を目の前まで近づけてきた。俺は姿勢を低くして千春の身体をすり抜けて逃げようと思ったのだが、姿勢を低くしたことで逆に千春は俺の頭を上から押さえこめる体勢になってしまった。迂闊《うかつ》だったと後悔する間もなく、上から降り注がれる千春の圧倒的なプレッシャーに更に姿勢を低くせざるをえなくなってしまう。そして俺はついに尻を地面についてしまったのだった。

俺は完全に機動力を殺《そ》がれた状態になったことに、恐怖を感じた。俺を竦《すく》ませるだけの何かが今の千春にはあるのだ。そんな俺の心中を知ってか知らずか、千春は再び俺の顔を覗《のぞ》きこむように顔を近付けてきた。

千春は突き刺さるような鋭い視線で、俺の目を見つめてきた。俺の額から一筋の冷や汗が流れ、そのまま頬《ほお》を伝ってゆく。しばらくそのままの状態が続いたが、やがて千春は顔を引っこめると、一歩後ろにさがって腰に手を当てて、ふぅっと息を吐いた。

「ア、アンタにな、話が……あ、あんねん」

さっきまでの鋭い視線とは裏腹に、千春の声は上擦《うわず》っていた。何か言いにくそうに視線を横にずらし、たまにこちらの様子を伺うように、チラチラと見てくる。俺は何かやばいことだと直感し、逃げる機会がないかと、なんとか隙《すき》を伺った。だが、千春はそんな俺の気持ちを見透かしたように言ってきた。

「アンタ、何逃げよう思てんねん」

低くドスのきいた声が俺の身体を固まらせる。まるで凍り付いてしまったように、指先ひとつ動かせなくなった。

「あ、あのな……」

頬を染めながら怒ったように喋《しゃべ》る千春は、いきなり肩にかけてあるポーチを開けて、中から何かを取り出そうとゴソゴソし始めた。俺は千春の妙な話し方に、つい顔をしかめてしまう。千春が何をしようとしているのか、まるで見当が付かなかったのだ。

「な、なんやアンタ、変な顔しおって。変なこと想像せなや」

やがて捜し物を見つけたのか突如、千春の表情が強ばったものに変化した。そして一気に何かを取り出したかと思うと、それをいきなり俺に突き出してきた。

「これはなんだ？」

俺の胸には千春の持った一枚のピンク色の封筒が、押しつけられていた。

「こ、これは……やな。ラ、ラブレターやっ！」

千春は顔から火が出ているようなぐらい真っ赤に燃え上がらせ、最近では聞いたことのない『ラブレター』という単語を言い切った。俺は思わず唖然《あぜん》とした。

「何やってんねん！　恥ずかしいんやから、はよ受け取らんかいな！」

千春は必死の形相でラブレターを、俺の胸ぐらにグイグイと押し付けてくる。俺はその迫力に押されて、反射的に受け取ってしまった。

「よ、よっしゃ……」

俺がラブレターを手に取った瞬間、千春の表情が不気味な笑みへと変わった。

「ア、アタシとやな、け……」

急に顔を真っ赤にして、千春は言葉を詰まらせた。そして何か躊躇《ちゅうちょ》するように俺に背を向けると、胸に手を当てて息を整え始めた。

やがて意を決したようにこちらを振り返ると、千春は頼りなげな、それでいて決意の感じられる表情で俺をまっすぐ見つめてくる。

「ア、アタシと……アタシと結婚せぇっ！」

顔を耳まで真っ赤にして、千春は突拍子もないことを言い出した。俺は驚かずにはいられなかった。

「……なんの冗談だ？」

「あほかっ！　乙女の純潔奪っといて、なんやその言いぐさはっ！」

「純潔？」

「忘れたとは言わせへんで。アタシのファーストキスを無理矢理、奪ったやろが！　キスは婚約者以外とするもんやない。だから、アタシと結婚せぇ！」

俺の胸ぐらを掴《つか》みながら、千春は一方的に結婚を迫ってくる。求婚されているというよりは、どちらかというとケンカを売られている感じだ。

「結婚を直接口で申しこむのだったら、この手紙はいったいなんだよ」

「なに言ってんねん！　結婚する前には恋人同士にならなあかん！　その恋人になるには、まずラブレターを渡すんが常識やろが！」

俺はその浮世離れした言葉に絶句せずにはいられなかった。だが、千春は本気なのだ。

「さぁ、早く返事せんかい」

キスをしてしまった程度で千春は結婚を迫ってくる。キスとは言っても、偶然に唇が触れ合ってしまった程度のものだ。それにもかかわらず、千春は真剣に結婚を迫ってくるのだ。俺はひたすら戸惑った。ただ、今時、珍しい女であることは間違いない。

そんな時、おれは一つの考えを思いついた。純朴な千春を奴隷に調教しても、面白いかもしれないなと思ったのだ。

「わかった。俺の部屋に来い」

「えっ？」

俺は意外な顔をする千春の前で、手持ちの紙に簡単な地図を書いて渡した。

「ここに来るんだ。わかったな」

「な、なんや……どこ行くねん」

俺はそれだけを言うと、不安そうな千春の問いかけを無視して、その場を立ち去った。

さて、面白いことになってきたな……。俺は一人ほくそ笑んだ。どうせなら、あいつも呼ぶか。俺はそう思い、千春の姉である千里のいる病院へと向かった。

病院に行くと、運のいいことに、ロビーに千里がいた。

「あ、あの、なんでしょうか？」

千里は俺の姿を見るなり、先程まで患者に向けていたであろう笑顔を凍り付かせた。病院のロビーは人が多く、目立ち過ぎる。俺は人気の少ない柱の陰へ、千里を連れていった。

「千里、お前の妹を、今日から俺の奴隷にすることにした」

なんの脈絡もなく、俺は千春の話を切り出した。

「い、いきなり何を言っているのですか」

平静を保っているようだが、俺の言葉に内心冷や汗をかいているのだろう。千里の声は震えている。

「偶然お前の妹とキスをしてしまってね、結婚を迫られてるところなんだ。それを利用しようと思ったわけさ」

「な……」

千里は手に持っていたカルテを床に落とし、震える手で口元を押さえた。顔がみるみるうちに、真っ青になっていく。

「あ、あの子は、純粋な子なんです。お願いです。私が代わりになりますから、千春だけは巻きこまないで下さい」

千里はすがり付くように、俺の服を引っ張ってきたが、おれは難なくそれを振り払った。

「ダメだ。これはもう決定事項だ」

「そんな……」

「ただ、お前が俺だけの奴隷になるというのなら、千春をずっと俺の元に置いてやってもいい。俺の側で、お前たち姉妹は一生俺の奴隷として暮らすわけだ。そうすれば、少なくとも、姉妹一緒に暮らすことが出来る。さぁ、どうする。妹と離れればなれにはなりたくないだろう？」

俺がそれだけ言うと、千里は唇をワナワナと震わせて、愕然《がくぜん》としたように視線を床に落とした。何か考えを巡らせているのか、銅像のようにじっと動かない。やがて結論を導き出したのか、青ざめた顔を上げて口を開いた。

「は、はい……わかりました……」

「じゃあ早速だが、今から俺の部屋に来るんだ。いいな」

そう言っても、千里は黙っている。

「返事はどうした」

「す、すぐに行きます」

「よし、それでいい」

俺はそれだけ言い、千里を連れて、何事もなかったかのように病院を出た。俺の部屋に行く間、千里は何も言わなかった。これから起きるであろうことに怯《おび》えているのかもしれない。そう思ったが、ここでやめるわけにはいかないのだ。

部屋に戻ると、俺はいつも寝起きしている部屋とは違う別の部屋で、千里と二人で千春が来るのを待った。いつも寝起きしている部屋には、未菜がいるのだ。ここなら未菜に気付かれることはない。

そして千春は、すぐにやって来た。ドアがノックされると、俺は千里に小声で命令した。

「ドアの死角に隠れていろ」

千里は何も言わずに、素直に俺の命令に従った。そして俺は、千里がドアの脇に立つのを確認してから、ドアを開けた。千里は、ドアと壁で完全に千春の死角に入っている。

「よく来たな、千春」

千春は俺の部屋に入ると、物珍しそうにキョロキョロと部屋中を見回した。だが、うまい具合に後ろ、つまり、ドアの方を振り向かない。

「そんなに珍しいか、俺の部屋は？」

千春は俺の言葉に反応して振り返る。その瞬間、振り返った千春とドアの横で申し訳なさそうに立っている千里の視線がぶつかった。千春はパクパクと口を開けたり閉じたりしながら、なんとか言葉をひねり出した。

「ね、姉さん。なんで、こんなとこにおるんや……」

嬉《うれ》しそうな表情で部屋に入ってきた千春の表情が凍り付く。ここに姉がいるという事実が、千春にはまったく理解できないようだった。

千春の問いかけに、千里は俯《うつむ》いたまま、じっと黙っていた。妹と目を合わせることが出来ないでいるようだった。

「俺が答えてやるよ。千里はな、俺の奴隷なんだよ」

「はぁっ？」

俺の口から出た奴隷という言葉に、千春は眉をしかめて、素頓狂《すっとんきょう》な声を上げた。何か想像を巡らしているのか、千春の顔が強ばる。俺は勝手に言葉を続けた。

「そうだな、千里」

「はい、御主人様。千里は御主人様の奴隷……です」

千春の視線から逃げるように、顔を背けながら千里はそう言った。その姉の言葉を聞いて放心したように立ちつくす千春を横目に、俺は服を脱いでいった。

「なっ！」

千春が俺の姿を見て、顔を真っ赤にして、あわてふためいて両手で目をふさぐ。だが、俺は構うことなく服を脱ぎ捨て、千里の目の前に立った。

「さぁ、千里。俺に奉仕をするんだ」

「は……はい……」

千里は素直に返事をすると、俺の前に四つん這《ば》いになるように跪《ひざまず》き、肉棒に舌を這わせてきた。千春は呆然《ぼうぜん》とした顔をしている。

「な、なな な……な、何しようってんや！　ア、アタシがおるっちゅーのに！」

「こいつは俺の物だから、何をしようと勝手だ」

俺がそう言うと、千春は顔を真っ赤にして抗弁してきた。

「ア、アタシかってアンタのもんやで！」

「だったら、俺の物だと証明してみせろ。千里と一緒に俺に奉仕するんだ」

俺は千春に、姉と一緒にフェラチオをするように強制した。その間も、千里は隆々と勃《ぼっ》起《き》した肉棒に唇を滑らせ、荒い息を吐いている。千春はそれを黙って見ているだけだった。

信じられないといった感じで、わなわなと唇を震わせている。

だが、姉の愛撫《あいぶ》で気持ちよさそうな表情をした俺を見た途端、千春は目を吊り上がらせた。そして千春はいきなり床に四つん這いになると、一心不乱に俺の物をしゃぶる千里の横についた。千春は肉棒と姉の顔を交互に見ている。姉の舌の動きを逐一、目を皿のようにして確かめているようだった。

しばらく様子を観察をしていた千春は、やがて姉のまねをするように舌を出してきた。だが、伸ばした舌が肉棒に触れるか触れないかの寸前で止まってしまう。

「うぅぅっ、はぁ、はぁ……あむっ」

千春がためらっている間も、姉の千里は俺の物を従順に舐《な》め続けている。

「上手いぞ、千里」

姉が誉《ほ》められたのを聞いて、千春はムッとした。そして、なにかを振りきったように目を強く閉じると、俺の肉棒に舌を押し付けてきた。

「ふむんっ」

だが、千春は変な呻《うめ》き声を出した直後に、肉竿《にくざお》に舌を押しつけたまま凍り付いたように硬直してしまった。眉間《みけん》に皺《しわ》をよせて、閉じたまぶたを震わせている。そして剛直から口を離した途端、唐突にひどく咳《せき》きこみ始めた。

「まずいっ！　なんやこれっ！」

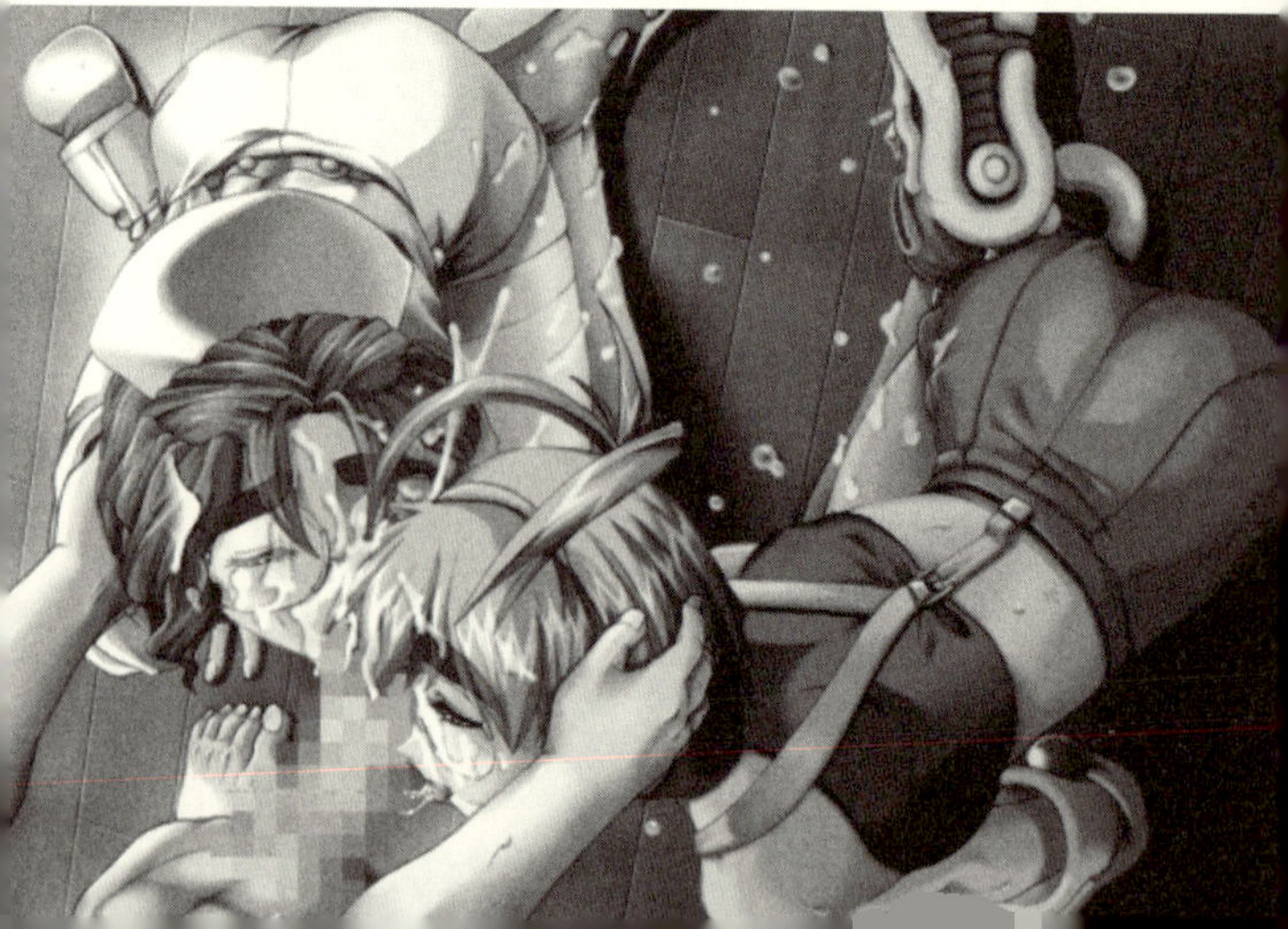

千春はなさけない顔をしながらも俺の物を睨み付けた。その目にはうっすらと涙が浮かんでいる。それでも姉の千里は、熱心に俺の肉茎をスロートしていた。それを見た千春は、とても信じられないというような顔をした。

「な、なんや、なんで姉さんこんなまずいもん舐めてんねん」

「そんなはずはない。現に千里はおいしそうに舐めてるじゃないか」

「まずいわっ！　あほっ！」

千春はこれ以上にないほど顔を真っ赤にして、俺に向かって怒鳴りつけてくる。

「この味がわからないのは、お前が千里と違ってまだまだ子供だという証拠だな」

「ア、アタシは子供やない！」

「子供」という言葉を聞いた途端、千春は正気を取り戻したように、いつものように威勢のいい言葉を響かせた。俺はニヤリと笑った。

「そうか。だったらお前も、千里と同じようにできるはずだ。俺を満足させられれば、ずっと側にいさせてやってもいい」

そう言うと、千春は考えこむように押し黙った。

「側にいさせてやってもいい」という言葉にいささか戸惑っているようだ。

「こ、これをやったら、アンタは満足するんかい……」

「ああ、そうだ」

千春の問いかけに俺は軽くながすように答えた。自分でも冷めた口調だと感じ、思わず苦笑してしまう。そしてそれを証明するように、休むことなく愛撫し続ける千里の顔を肉茎に押し付けた。千里は従順にも怒張を横からくわえて、俺の下半身を奮い立たせてくる。

千春は俺を喜ばせている千里の姿を、悔しそうに爪《つめ》を噛《か》んで見つめていた。だが、やがて何か決意したように口を開いた。

「わ、わかった。やる。アンタが喜ぶんやったら、やる」

千春は俺を喜ばせている千里の姿を見て決心したようだった。千春も姉のように俺を喜ばせたいのだろう。だが、俺は驚きはしなかった。キスだけで俺の恋人気取りだった千春のことである。初めから答えは決まっていたようなものなのだ。

そして千春は言うが早いか、姉の顔をなぎ払うぐらいの勢いで、俺の肉棒に食らいついてきた。

「んんっ、うぅ、んむぅっ」

しかし、意気こんで舌を使ってきたわりには、舌使いがまったくなっていない。見当違いの場所ばかりを責めてくるのだ。おそらく、千春は男に奉仕したことどころか、そんな場面を見たことも想像したこともないのだろう。それでも千春は意地を張って、無理にでも俺を喜ばせようとしてくる。

「そんなやり方で俺を満足させることが出来ると思ってるのか、千春。その程度のテクニックで、俺と結婚する？　笑わせるな。なぁ、千里、お前もそう思うだろう？」

千里はチラリと千春に目を向けて、済まなそうに、それでも俺に対して従順であろうとして、舌の動きを止めずに頷《うなず》いた。

「フェラチオもろくに出来ないくせに……」

俺の小さな呟《つぶや》きに、千春は敏感に反応するのだが、それに対して返す言葉が見つからないらしく、小さく肩を震わせて黙りこんでしまった。

「おい千里、お前が手本を見せてやれ」

俺の命令に千里は、妹の千春の顔と、俺の顔を見比べ戸惑っている。だが、やがて観念したように俺の物に舌を押し付けてきた。

まずは、舌で竿の裏筋を丹念に何度も舐め上げた後に、鈴口の割れ目に舌を差しこむようにして責めてくる。そして、雁首《かりくび》を口の中に含み、あめ玉を舐めるような感じでくちゃくちゃとしゃぶってきた。最後は肉棒を口内に含み、そのまま顔を前後に動かしてきた。

柔らかい唇と内側の粘膜とで怒張全体を摩擦してくる。それだけではない。千里は前後の摩擦運動と同時に、溢《あふ》れる唾液《だえき》をまとわりつかせながら、ざらざらとした舌の表面で亀頭の敏感な粘膜を擦り上げてくるのだ。

千里のあまりに上手い舌技に、俺は思わず尿道の奥底が熱くなり、欲望が噴き出す寸前にまで押し上げられた。気が付けば、鈴口から先走りの液が溢れ出していたのだ。

「うっ、もういい……。さぁ千春、お前も同じことをやってみるんだ」

俺は姉の千里を追いやると、千春の眼前に肉棒を突き付けた。隆々と勃起した怒張は淫《みだ》らな唾液にまみれ、薄暗い蛍光灯に反射して威圧的な光を放っている。それを瞬《まばた》きもせず凝視していた千春は、音を立てて唾《つば》を飲みこむと、やがて思い切って舌を押し付けてきた。

「はぁ、はぁ、うぅ……」

千春は姉の千里と同じように裏筋を舐め上げてくる。そしてひとしきり裏筋を舐め上げると、先端の割れ目へと舌の運びを移していった。鈴口からは先ほどの千里の愛撫によって、先走りの液が大量に滲《にじ》み出ている。その透明の液体を、千春は何も知らないままくい取るように舐めた。

「うぇっ、うぅっ……」

千春は先走りの液を舐めた直後、気持ち悪そうに苦しむ。だが、千春はそれを必死に堪《こら》えようと唇を横一文字に結んだのだ。そして千春は鈴口を見ながら首を傾げると、神妙な面もちで今度は亀頭を口の中に含んできた。口の端からは一筋の唾液がこぼれ出している。

「げほっ……うぅ、んぅぅっ」

千春には慣れない行為なのだろう、喉奥《のどおく》にまで亀頭をのみこむたびに激しく咳きこむ。それでも瞳に涙を浮かべながら、健気《けなげ》に肉棒を愛撫してくるのだ。

隣では、妹の様子を横で見ていた千里が、頬を紅潮させて興奮気味に荒い息を上げている。そして千里は我慢しきれないといった感じで、俺の玉袋に食らい付いてきた。

「うぅうんっっ」

強く吸いこむようにして、千里は袋の皮をくちゃくちゃと音を立てながらおいしそうにしゃぶる。そして袋の中に入っている玉を、唇で柔らかく潰す感じで刺激してきた。その上にある竿の方では、千春がずっと口に含んだまま、姉に負けないように奮闘している。

肉棒と袋の両方を激しく責め立てられて、俺は耐えきれずに思わず腰を震わせた。

「お前……処女か……」

千春にそう訊《き》くと、すぐさま答えが返ってきた。

「な、何言ってんや！　あたりまえやろがっ！」

俺の突然の質問にうつろな目を瞬時に吊り上げ、千春は顔を真っ赤にして怒り出した。

「そうか。なら、俺に処女を捧《ささ》げろ」

俺の軽い口調に、千春は顔を引きつらせた。千春のことだ、処女を捧げるという行為は、永遠の愛の証《あかし》をしめす儀式ような、神聖なものとしてとらえているに違いない。

「どうした、いやなのか。それとも他に処女を捧げたい男がいるのか」

「あほ言うなっ！　アタシは旦那さん以外、身体許さへん！　初めてのキスは、アタシの未来の旦那さんやって決めとったんやで。アンタはアタシのキス奪ってんから……アンタはアタシの旦那さんにならなあかん。だからアンタ以外にアタシの処女は捧げへん！」

「つまり、お前は俺のものだから、処女は俺のものだということだな」

「そ、そうや。ア、アタシの処女はアンタのもんや……」

あまりにも真面目《まじめ》な顔をして熱弁する千春を見て、俺は笑いが止まらなくなった。そして俺は、千里を払いのけ、千春に言い放った。

「わかったから、さっさと服を脱いで、そこのベッドの上で、股《また》を広げろ」

千春はしばらく戸惑っていたようだったが、やがて横にいる姉の様子を、ちらちらと気にするように横目で見ながら服を脱いでいく。姉の千里はその行動を、悲しそうに見ていた。そして服を脱ぎ終えて全裸になった千春は、命令通りにベッドの上に仰向けに横になり、少々ためらいがちに両足を開いた。死んでしまいたいぐらい恥ずかしいのだろう、俺と目を合わさないように顔をこれ以上にないほど背けている。だが、両足がゆっくりとM字型に開かれると、その間から愛液に濡《ぬ》れた秘裂が俺の眼前に姿を現した。

「なんだ、俺のチ×ポを舐めて感じていたのか」

「そ、そんなもんしらんわっ！」

今まで顔を背けていたというのに、千春は涙に滲ませた瞳で俺を睨み付けてきた。俺はそれを見て愉快に笑いながら、千春の両脚を抱え上げ、濡れたピンク色の秘裂に一気に肉棒を押しこんでいった。

「ひぃっ、痛い！　痛いぃぃぃっ」

まだ男を受け入れたことのない秘裂を、俺は無惨に押し広げていった。巨大な肉傘が、可憐《かれん》な桜色の秘唇を巻きこみながら、徐々に膣内《ちつない》に姿を消していく。

「はっ、くぅぅぅぅっ」

肉杭を根本まで押しこむと、千春の全身から玉のような汗が滲み出す。肩で息をしながら、今にも漏れ出しそうな苦悶《くもん》の声を、歯を食いしばって堪えているようだ。

千春の中は予想以上に狭かった。食いちぎるように亀頭の粘膜を締め付けてくるために、気を抜けばイってしまいそうになるほどだった。

「見てろよ、千里。千春を今、女にしてやるからな」

千里からの返事は聞こえてこない。沈黙したままだ。目の前で俺に犯される妹を見ることができず、顔を背けて目を閉じているのだ。

俺は千春の太股《ふともも》を両腕でがっちりとつかんで、千里に見せつけるように深々と千春を貫いた。そして腰を叩《たた》きつけるようにして、いきなり猛烈なピストンを始めた。

「ひっ、ひあぁぁっ」

はかなげに張っていた膜を、強引に突破した感触が亀頭に走った瞬間、千春は髪を振り乱して悶《もだ》える。肉襞はそれに合わせるように蠢《うごめ》き、肉棒を淫らに刺激してきた。俺は貫いたままの状態で、奥から滲み出た血がうねりによって、ぐちゃぐちゃと音を立てて絡みつく感触を楽しむ。

千春は痛みに文句を言いたそうだったが、あまりの痛みで全身が麻痺《まひ》して動けないようだった。それを表すように、結合部から処女の鮮血が絶え間なく滲み出しシーツを汚している。俺はそれを指ですくうと、千春の目の前まで持ってきてじっくりと見せた。

「ほら、千春。お前の処女の血だ」

「ア、アタシ、これでアンタのもんになったんやな……」

痛みにまだ顔を歪めながらも、千春は少し嬉しそうに言った。

「もう、ぜったいアタシは、一生アンタの前から離れへんからな。覚悟しぃや」

凄みをきかせた声で、千春は脅しをかけてくる。しかし、それでもさすがに眉間に皺を寄せて辛《つら》そうにしている。

俺はその間も、ピストン運動を怠らなかった。だが、締め付けが異常にきついために、引き抜いていく時に雁首が媚壁《びへき》をかきむしるような感じになり、俺の物にも鈍痛が走る。

とはいえ、それも時間の問題だった。幾度も千春の中を掘り続けていくうちに、だんだんと媚壁がほぐれてスムーズに動くようになってきたのだ。痛みはすぐに快感に変わる。

俺は興奮に身を任せて、更に秘洞の中を激しく掘り進めていった。

「ひぃっ、はぁ、はぁ、くっ、あぅっ！」

可憐な秘唇を巻きこみながら激しく律動すると、喉の奥から絞り出すような、千春の声が聞こえる。最初の頃と比べれば、難なく俺を迎え入れられるようにはなったが、それでも千春の方は苦悶の表情ばかり見せていた。未だに秘裂からは破瓜《はか》の血が流れ続け、秘裂の回りに生えている繊毛を赤く染めていくのだ。

俺は腰の動きを止めて、その柔らかな陰毛に触れた。

「お前のここは毛深いな」

「へ、変なこと言わんといてやっ！」

千春の言葉を無視して、陰毛を丁寧に掻《か》き分けていくと、怯えるようにびくびくと震える突起物が見えた。俺はその肉の芽を軽く指の腹で触れる程度にいじってみた。

「ひぃぃいっぃい！」

ちょんと少し触れただけで、千春は顎《あご》を跳ね上げて、ビクビクと身体を痙攣《けいれん》させた。千春は異様に敏感な肉芽を持っているようだった。よく観察すると他人よりも少し大きめのサイズだということがわかる。摘むようにして指で転がすと、グミを触っているような感触が返ってくるのだ。しかも弄《もてあそ》び続けていくうちに突起物が指の中で肥大し始め、更に大きく、硬くコリコリとした感触に変化してきた。

「ううっ、やめて、それ以上、触らんといてや……」

千春は髪を振り乱して必死に懇願してくる。だが、俺は構うことなく肉芽を弄び続けた。

膨張率が激しいピンクの突起物は人差し指の先程まで大きくなり、やがて包んでいた皮を自ら押しのけて、中の粘膜の頭が姿を見せた。包皮を完全に剥《む》いて裸にさせると、赤く充血した粘膜が露《あら》わになる。ひときわ赤く光りを放つ姿は、まるでルビーを連想させた。

「いやや、ううっ、こんなん……いやや……」

剥き出しにされた粘膜の上から直接触れられた時とは、皮の上から触れられた時とは桁違いに、千春は気が狂いそうなほど悶えよがり出す。破瓜の痛みよりも勝る激しい快感に翻弄《ほんろう》されて、千春は頭を掻き回されているように振り始めたのだ。俺は痛がってばかりいた千春の、初めて喜びを表す姿を見て、これ以上にないほど胸が高鳴った。

媚壁はうねり狂うように、肉棒を刺激してきた。しかもクリトリスを強く摘めば強く摘んだだけ、媚壁が激しく動いて俺に刺激を返してくるのだ。

「もう、もう……やめ……」

目を虚ろにしてほとんど言葉を話せない千春の姿に、限界の兆しが見えた。それを見て、俺はひと思いにイかせてやろうと、突起物を爪を立てて軽く摘む。

「なっ！　いや、いやや……堪忍してぇっ！」

ただされえ気が狂いそうな千春は、今以上の快感の波が押し寄せて来ることを恐れるように、めちゃくちゃに髪を振り乱して抗議してきた。だが、俺はそのまま大きめの肉芽を指で弄び続けた。

「うぁあ……ひっ、ひあぁぁっ」

千春が限界を迎えたのは、その時だった。これ以上曲がらないというぐらい身体を弓な

りにさせて、千春は頭のてっぺんから、足のつま先まで全身を痙攣させる。と同時に、強烈な強い締め付けが俺に襲いかかり、全身に快感が走り抜ける。

「うおっ！」

俺は一気に頂上に押し上げられた。猛烈な射精感がこみ上げ、精液が噴き出す瞬間に秘《ひ》壺《つぼ》から肉棒を引き抜いた。

射精は強烈だった。白濁のザーメンは、千春の白い身体に次々と放出され、先程まで汚れなき乙女だった身体を無惨に汚していく。

「うぁ、あぁ……」

やがて痙攣を続けていた筋肉が弛緩《しかん》すると、千春は頼りないかすれた声を口にしながらベッドに崩れ落ち、動かなくなった。俺の白濁液でドロドロになった身体が、蛍光灯の光に反射して妙な光沢を放っていた。

第八章　誘われた少女

陣との約束の日は近い。それなのに、奴隷の調教は一向に進んでいなかった。千春や未菜を差し出してもいいような気もするが、奴隷に調教するには時間がかかりすぎるだろう。結局、俺は女を犯しているだけではないのか？　俺はそんな自己嫌悪に駆られた。

俺は迷った末、冴子のところに行くことにした。「仕事」が終わるまで、冴子には会うまいと決意していたのに、もう我慢できなかった。

俺は教会には行かず、直接冴子のお気に入りの場所へ向かった。丘を小走りに登っていくと、いつもどおりに小さな人影が木の根本に腰かけている。冴子だ。

「こんにちは、冴子」

近づきながら声をかける。ゆっくりと振り返る冴子の表情は明るい。俺がやって来たことを喜んでくれているのだ。

俺は冴子の隣に腰かけた。清涼な風と澄んだ空気が心地よい。風が冴子の髪を撫《な》でて、一房の髪が鼻先に触れてきた。シャンプーだけではない清潔な芳香が俺の鼻をくすぐる。たまらなくいい香りだ。俺の心の中で、猛烈に冴子を求める感情が湧き起こった。『冴子を調教してみたらどうだ？　ただ養ってやるだけでいいのか？　自分の物にしたいと思ったことがないのか？　よく考えて見ろよ、今の冴子はもう立派な女だぜ？』という陣の言葉が脳裏を過ぎる。冴子を俺の物にしたい。俺は欲望の歯止めが利かなくなってくるのを感じた。やはり陣の言ったとおり、冴子に近づくべきではなかったかと思ったが、冴子を求める気持ちは消えなかった。

「良かったら、俺の家に遊びに来ないか？」

俺の口は驚くほど自然に冴子を誘っていた。気が付けば、一切の躊躇《ちゅうちょ》はなくなっていた。

「えっ、本当ですか……。は、はい、行きます！」

冴子は俺が想像していた以上に簡単に承諾した。やはり、冴子は世間を知らないのだと思った。

「私、ここ以外ではほとんど外に出ないので……わぁ、どんなところなんだろう」

冴子はその見えない瞳を輝かせている。よほど俺の家に行けるのが嬉《うれ》しいのか、笑顔まで浮かべて、喜んでいた。

「じゃあ、行こうか、冴子」

俺は冴子の気が変わる前に、少しでも早く家に連れて帰ろうとした。しかし、焦りを表には出さない。冴子に何か気付かれたらすべて終わりなのだ。

丘を降りる間も冴子は絶え間なく俺に語りかけてきていたが、俺は適当に受け答えしながら、これからのことに思案を巡らせていた。家に着くまでの途中、街中のにぎやかなところを通ったりして、冴子に少し刺激を与えてやろうと思ったが、街中はゴミゴミしていて空気も悪いので、冴子を連れ回すのは控えて、早々に帰宅した。

部屋に帰ると、未菜がいるかもしれないと心配したが、どうやらどこかに出かけているようだ。運がいい。

「ようこそ、俺の家に」

「……わぁ、やっぱり、教会とは違うにおいがしますね」

冴子は、キョロキョロと俺の部屋を見回す。と言っても冴子は目が見えないので、肌で雰囲気を感じるというのが正しいのだろう。

「でも、あまり物がないみたいですね」

冴子は、なんらかの方法で俺の部屋が殺風景だということに気が付いたらしかった。本当に驚くべき感覚だ。

「ああ、一人暮らしだし、ここはほとんど寝るためだけの場所だよ」

俺がそう言うと、冴子の表情が曇った。

「まさか、家財道具を売り払って、私にお土産を……なんてことはないですよね？」

「違うさ。元々あまりゴチャゴチャと物を置くのが趣味じゃないんだ。」

とにかく、俺が懸念していたほど、冴子は俺の部屋に悪い印象を持たなかったということのようだった。そう、冴子はこの部屋に来るべくして来たに違いないのだ。冴子は、ここと同じように、殺風景なところがきっとよく似合うはずなのだ。俺はそう思いこもうとした。

「珍しい物があるんだ。冴子に見せたい。そのために、今日来てもらったんだよ」

無防備に俺に背を向けて部屋を手探りでウロウロとしていた冴子に声をかける。冴子は、くるりと振り返り、にっこりと微笑《ほほえ》んだ。

「珍しい物？　どこにあるんです？」

冴子は興味津々といった感じで俺に顔を向けている。

「……地下にあるんだ」

「地下？　兵隊さんのお家って、地下室があるんですか？」

「ああ、物置みたいなものだけどね。たくさんあるから、使い道に困ってるよ」

「でも、すごいです！　地下室なんて、ちょっとドキドキしますね」

冴子はいつになくはしゃいでいた。そんな冴子を俺は地下に通じる階段に案内した。

「ここからは階段になってる。足を踏み外すといけない……ちょっとごめんよ」

俺はそう言って冴子を抱き上げた。

「え、ええ？　あの、困ります……自分で……あ……」

俺は冴子の言葉を聞かずに冴子を抱えたままで二、三度身体を揺らして、冴子のポジションを変更して、一番負担の少ない体勢で安定させた。

「怖い？」

冴子は俺の視線が自分に向いていることを感じたのか、頬《ほお》を赤らめた。冴子も年頃の女の子だ。いきなり抱き上げられれば、恥じらうのは当然だ。

「は、はい……」

緊張しているのか、上擦《うわず》った声で返事をする。

そして俺は小さく笑うと階段を下りていった。俺の欲望は天井知らずに高まっていく。

だが、冴子はそれにまったく気付いていないようだった。すっかり安心しきって俺に身体を密着させ、首に腕を回して抱きついているのだ。

「本当にごめんなさい。こんなに気を遣っていただいて……」

「早く見せたいんだ……いや、触ってもらいたい。感じて欲しいものがあるんだ」

「そんなにすごい物なんですか？　わぁ、なんだろ……楽しみです」

冴子はまったく俺に疑いを持っていない。本当に期待に胸を膨らませているようだった。

だが、俺の胸は少し痛んだ。覚悟していたはずなのに、いざ地下室が近づいてくるとさっきまでの高揚感が消え失せていくのだ。だが、もう引き返せない。気が付けば、俺は地下室のドアの前に立っていた。

冴子を降ろし、ドアノブに手をかける。本当にこれでいいのか？　俺は迷ったが、それを断ち切るように首を振ると、地下室のドアを開け、いきなり冴子を部屋の中に投げ入れた。冴子は掴《つか》まるものを探そうと手を宙に泳がせたが、そのまま冷たい床に倒れこむ。

ガチャリと錆びた音が響き、地下室は俺と冴子だけの空間となった。

「兵隊……さん？」

冴子は弱々しく身体を起こし、俺の声がする方に顔を向ける。

「あ、あの、これはいったい……」

明らかに普段とは違う物を感じたのか、冴子は不安気な声で訊《き》いてきた。

「見せたい物があるって……」

「ん、ああ、そのことか。見せてやるよ、肉欲の世界ってヤツをな」

俺は心を鬼にしてそう言った。そして肩を震わせて縮こまっている冴子を乱暴に組み伏せて一気に押し倒した。

「きゃっ、な、何をするんですか！」

冴子は必死にもがいて俺の手を振りほどこうとしたが、細い手足にそんな力があるはずもない。

「い、いやっ！　やめて下さいっ！」

馬乗りに被《かぶ》さるようにして冴子の身体を組み敷き、下半身を覆う布に手を滑りこませる。

そのまま剥《は》ぎ取るようにショーツをずり下げ、覆い隠されていた秘裂を勢いに任せて激しくまさぐった。そして乾いた縦裂に指先を這《は》わせ、上下に撫でて弄《もてあそ》ぶ。

「ひっ、ひぁぁぁっ」

「お前の処女は俺がもらう」

俺は冷酷に宣告した。指先に力を入れ、冴子の大切な場所に押し入れていく。

「そこだけはやめて、お願い……。な、なんでもしますから、許して下さい……」

冴子の頬に一筋の涙が伝った。

「お願いします。私には、大切な……大切な人がいるんです……」

俺は急に胸が苦しくなった。だが、もう後には引き返せない。俺は冴子が欲しいのだ。何度もそう自分に言い聞かせ、必死で平静を装った。

「なんでもすると言ったな。いいだろう。処女は残しておいてやる、処女はな……」

俺は冴子を後ろ手に掴んで、尻を突き出すようにして突っ伏させた。

「代わりにこっちを頂こう」

息を吹きかけるように囁《ささや》き、突き出された尻肉に手を這わせて、プリンと張った尻の丸みをじっくりと味わう。

「そ、そんな……はぁっ」

そのまま指を中央の菊孔に滑らせ、俺は冴子の後ろの穴の周りを、円を描くようにして指の腹で撫で回した。ピンク色の窄まりがその刺激に耐えかね、ヒクヒクと収縮するのが眼下に見える。

「おい。指を舐《な》めろ」

俺は後ろの穴の周りをいじくり回していた指を、冴子の口元に持っていく。そして俺は強引に冴子の口の中に指を突っこんで、舌や口腔《こうこう》を掻《か》き回した。

「んっ！」

指先で舌を弄び、冴子が分泌する唾液《だえき》を十分に絡ませ、充分に唾液をまぶしたところで指を引き抜き、後ろの穴へと戻す。俺はヌメった指を後ろの穴にあてがい、ベットリと付着している唾液を塗りたくった。

「ひぅ、あぁぁ……」

ブルブル身震いする冴子の尻肉のシワをグッと左右に押し広げて、菊孔を剥《む》き出しにする。俺は一気に指を差しこんでいった。唾液が潤滑液になって、ジュプリと第一関節辺りまでがさほどの抵抗もなしにのみこまれた。

「ひぐぅ！」

ぐにぐにと引っ掻くように指を蠢《うごめ》かせて肉壁をほぐすと、冴子は排泄《はいせつ》用の穴に異物が挿入された違和感に呻《うめ》き、腰を引いて這うように逃げようとした。俺はそんな冴子の肩口を掴んで、力任せに引き戻し、さらに指を菊門に沈めていった。

「ふぐぁぁっ」

冴子を引き戻した反動で指が更に奥まったところまで埋まり、第二関節辺りまでが冴子の体内に入りこんでいた。入り口付近よりも一段ときつく指を締め付けてくる。

俺はゆっくりと指先で腸壁を掻き回し、道を広げるついでに異物の感触にも慣れさせていく。時には乱暴に、時には優しく、前後左右に回転を加えて指先を操った。

やがて冴子は気持ち悪そうにぐったりとうなだれ、俺のなすがままに尻の穴を解放した。

「そろそろ次のステップに進もうか」

俺はそう言って、冴子の両腿の間に膝《ひざ》をついた。冴子の柔らかい尻肉に指を食いこませて鷲掴みにし、親指で尻を割って挿入口を押し広げる。そしていきり立った怒張をぴったりと押し付け、ピンクに色付く窄まりに先端をめりこませていった。

「うぐっ！　んぁぁっ！」

冴子は喉《のど》の奥から絞り出すような絶叫を上げて、身体を仰け反らせた。両拳《りょうこぶし》をグッと握りしめて床に押し付け、自分の中に押しこまれてくる凶器に必死に抗《あらが》おうとしている。

「痛い、痛いよぉっ！」

臀部《でんぶ》を抱えて腰を押し付け、強引に突き進もうとすると、冴子が血を吐くように呻いた。俺の腰の動きに連動して、冴子が絶叫する。涙を浮かべて俺を見つめる冴子の瞳には、見えていないはずの俺がはっきりと映っているように見えた。

「冴子、少し力を抜け。拒んだところで痛いだけだぞ」

冴子は激痛に堪《こら》えるのに必死で、俺の問いかけに答える余裕などないようだ。腸壁がギュウギュウと俺の怒張を押し戻そうとしてくる。

「ゆっくりと息を吐くんだ……」

「ぐ、は、ぁ、はぁ」

冴子が息を吐く度に腸壁が緩み、吸う度にキュッと収縮して締め上げてくる。だが、何回かそれを繰り返していくうちに徐々に括約筋の強張りがほぐれてきた。張りつめていた腸壁にも多少の余裕が生まれ、冴子の呼吸もだんだん穏やかになってきたのだ。

「そろそろいくぞ」

俺はグイと腰を突き出し、さらに奥へと掘り下げていく。

「だめっ！　痛いっ！　痛いぃっ！」

冴子はなんとか痛みから逃れようと肘《ひじ》で身体を前へと引きずっていこうとした。しかし臀部を鷲掴みにする俺の腕がそれを許さない。

「我慢しろ。好きなヤツのためだろ？　それとも前の穴を使って欲しいのか？」

「う、うぅ、く……」

俺の言葉に冴子は唇を噛《か》みしめ、コンクリートの床に爪《つめ》を掻き立てた。

「それでいいんだ。痛いのは最初だけだ。我慢していればその内気持ち良くなってくる」

俺の肉茎はゆっくりと確実に冴子の中の占有面積を広げていく。ゴリゴリと媚肉《びにく》を削りながら掘り下がり、肉棒は根本までピッチリと埋めこまれた。

「どうだ？　全部収まったぞ」

「はぁ、はぁっ」

冴子は全身で呼吸し、一時の休息に身体を預ける。だが、俺は息吐く暇も与えずに、腰の律動を開始した。

「あぐっ、んっ、くぅ、ふぁ、あ、あぁん」

弾《はじ》かれたように冴子の身体が卑猥《ひわい》に波打ち、髪を振り乱してもがき苦しむ。束ねられた綺麗《きれい》な髪が、俺と冴子の腰がぶつかる度に、ふわっと浮き上がって目の前で躍った。

「あ、あっ、あっ、ひあっ」

ズボズボと重い音を響かせて肛門《こうもん》を出入りする俺の怒張が真下に見えている。丸みのある小さなお尻にグロテスクな形をした肉棒が冴子の肛門に出し入れされる様子に、俺は異様なまでに興奮した。

亀頭が顔を出すぐらいまで引き抜き、反動をつけて一気に根本までぶちこむと、冴子の小さなお尻が俺の腰の衝撃を受けて、身体ごと大きく揺れる。薄暗い地下室の闇に、虹色に輝く冴子の涙が飛び散った。

「おっ！　お兄……っ！」

俺は冴子の後ろに激しく腰を打ち付け、ありったけの精液をすべて注入するように下半身を震わせた。直腸に注がれる熱い奔流の感触に冴子の背中がビクビクと波打った。

「あぁ、あぁぁぁ……」

精液を噴出したばかりのペニスを引き抜くと同時に、ゴボッという卑猥な音を立てて、冴子の尻の穴から白濁液が溢《あふ》れ出てくる。冴子の菊孔は無惨にもぽっかりと口を開いて、受け入れたばかりの白い液体を逆流させていた。

「ううぅ……」

冴子は力なく横たわってすすり泣いていた。肛門から流れ出た白濁汁がヒップを伝って糸を引き、床に白い液の溜まりを作っている。

そんな冴子を見て、俺は一瞬、後悔の念に襲われた。しかし、俺は無理矢理にそれを笑い飛ばした。冴子がビクッと身を震わせる。

「なかなか良かったぞ、冴子。どうした？　ケツが痛くて声も出ないか？」

冴子はその瞳から大粒の涙を流して嗚咽《おえつ》していた。

「さて、こいつを綺麗にしてもらわないとな」

俺は冴子の側《そば》にかがんで、冴子の手を掴んで股間《こかん》へ持っていくと、勢いを失いつつある肉棒にそっと触れさせた。突然襲った生温かくヌメッた感触に、冴子は慌てて手を引っこめる。

「何を驚いているんだ。さっきまでお前のケツに突き刺さっていたモノだぞ」

俺は下卑た笑いを冴子に向けて、もう一度冴子に俺の肉棒を握らせた。冴子の指先に手を添え、竿《さお》から亀頭にかけての形を確認させる。冴子はおそらく成人男性の性器など見たこともなければ、触ったこともないだろう。冴子の指先から、初めて触れる物への恐怖と違和感が微妙な震えとなって伝わってくるのだ。

「触ってばっかりいないで舌で舐めたらどうだ？　いつまで経っても終わりはしないぞ」

「う、は、はい……」

冴子は観念したのか、ペニスの位置を手先で確認し、恐る恐る唇を近づけてくる。だが、冴子は俺の肉棒に軽く口付けした途端、独特の悪臭とヌメッた感触に激しく咽《む》せこんだ。

「何してる。ちゃんと舐めろ」

俺は強い口調で命令した。すると、冴子は魂の抜けたような表情で顔面に突き付けられたモノをチロチロと舌で舐め上げ始めた。俺の先端からはまだ精液が滴っていたので、それを舌先に巻きこんで口の中に含み入れる。

「っん、ぐうっ！」

その瞬間に吐き気を催したらしく、冴子は口の端からだらりと唾液の混じった白い液体を垂れ零《こぼ》した。

「何してる。俺の言うことが聞けないのか？」

　俺は激しく興奮し、冴子の髪を掴んで股間に顔を押し付けた。

「んぐ、んふんっ」

　髪を掴む手を放すと冴子は大きく息を荒げた。冴子は一瞬だけ悲しそうな表情をしたが、すぐに俺の肉茎をチロチロと舐め始める。

「そう……そのまま口に含め」

　冴子は言われたとおりに肉棒を口に含み、唇や、舌を細かく動かして舐め清めてきた。冴子の低い嗚咽が、薄暗い地下室の闇に染みこんでいく。淫《みだ》らにまとわりつく唾液の弾ける音だけが、規則正しく繰り返されていた。

　冴子にはもう自分がしている行為に対する恥辱や嫌悪感などはないような気がした。ただ、舐めて綺麗にする――それだけが冴子の意識を支配しているに違いない。

　それはつまり俺が冴子を支配しているということだ。

「冴子……」

「んっ……」

冴子は一心不乱に俺の剛棒を舐め続けている。光を失ったその瞳はどこか遠くの方を見つめているようでもあった。

「よし、もういいだろう」

俺は冴子の髪を掴み上げて、股間から引き剥がす。冴子はそのままだらりと床に身をもたげ、大きく肩で息をした。俺はそんな疲れ切った冴子の表情の中に、俺を憐《あわ》れむような憂いを感じずにはいられなかった。

その瞳は光を宿していないはずなのに、俺にははっきりとその瞳が俺を見ているように感じられた。そう、俺はまだ小さかった頃の冴子と結婚の約束までしていたのだ。

『さえこが大人になったら、お嫁さんにしてね。さえこね、お兄ちゃんのこと大好き！』

かつて教会の近くの丘で冴子に言われた言葉が甦《よみがえ》る。あの時の冴子は大きな瞳をいっぱいに開いて、俺の目を見つめていた。

そして俺は、あの時、冴子の誕生日のために持ち合わせていた緑色の石のはまったペンダントを冴子の首にかけてやったことを思い出した。冴子は『わぁ、きれい！　緑色の宝石だね。エメラルド？』などと言って目を爛々《らんらん》と輝かせ喜んだのだ。あれはガラス玉だと冴子も気付いていたはずだった。それなのに、冴子はそれを「宝石」だと言って喜んだのである。俺はそれを思い出して、胸が痛んだ。冴子はあれから十年経った今もそのペンダントを首に掛けているのだ。

しかし、あの頃にはもう戻れないのだ。後悔はすまい。俺はそう決意した。このまま教会に帰すわけにはいかないのだ。

「お願い、お願いです……みんなのところに帰して下さい……」

「ダメだ」

俺は冷たい声で却下すると、足に触れてきた冴子を振り解く。冴子は一瞬怯《ひる》んだが、再び俺の身体に触れようと手探りで俺に近付いてくる。

「……みんなが、心配しています。早く帰って安心させたいんです」

何処にいるかわからない俺に対して叫び、床や宙に手を這わせて、必死に俺に接触しようとしていた。俺はそんな冴子を黙って見ていた。

「兵隊さん、どこ？　どこにいるの？　私の話を聞いて下さい……」

いつもならすぐに俺の居場所を特定できたろう冴子も、精神的な極限状態に追いこまれ、感覚が鈍っているようだった。冴子は、ぐったりと床に倒れ、荒い息を吐きながら、それでも俺を捜すように顔をキョロキョロとさせている。

俺はそんな冴子の前に立った。冴子はすかさず俺の足首を掴んでくる。必死になっている冴子を俺は不憫《ふびん》に思ったが、俺は黙って冴子を見下ろしていた。

「そんなに帰りたいか？」

俺の問いに、冴子はコクリと首を縦に振る。その表情は期待に満ち、和らいでいたが、冴子の身体は震えていた。

「奴らを安心させてやろうというのか？　お前を追い出そうとしている奴らを……」

俺の一言は痛烈なダメージを冴子に与えたようだった。しかし、冴子は、怒るでもなく、泣くでもなく、ただじっと耐えていた。首からぶら下がったガラス玉にすがるように、ギュッと握りしめて耐えていた。

俺は必要以上にそのガラス玉が目に付き、思わず冴子の首からぶら下がるガラス玉を引きちぎった。鎖が飛び、プツプツプツッと小さな音を立てて床に散らばる。

「あっ！　お願いです、兵隊さん。私の宝石を返して下さい」

必死に俺にすがり付こうとしているのだろうが、冴子はまるで見当違いの方向に向かって喋《しゃべ》っている。俺はわざわざ冴子の正面に回った。

「宝石……このガラス玉のことか？」

俺は冴子にとってそれがどれだけの価値を持つモノか承知していた。だが、俺にとっては、もはや不要なものだ。あってはならないものなのだ。

「ガラス玉じゃありません。宝石……宝石なんです」

冴子は俺の「ガラス玉」という言葉に過剰に反応して、泣きそうになっている。十年という歳月が経っても、冴子の心の中でそれは今なお大事な約束とともに綺麗な緑色に光り輝いているのだろう。冴子は俺との約束を今でも信じているに違いないのだ。

だが、今の俺は違う。冴子の思い出の中の兵隊ではない。今の俺は、冴子に名前を明かすことすら出来ないただの罪人だ。

「お願いです。なんでも言うことを聞きます。だから、それを返して下さいっ！」

冴子の悲痛な叫びが地下室にこだまする。

「ああ、返してやるよ。ただし、俺の言うことを聞いた後でな」

俺は冷たくそう言い放った。

「これから、お前を天井に吊《つる》す。少しじっとしていろ」

俺の言葉に冴子は一瞬の躊躇の後、小さく頷《うなず》くと唇を噛み締めて、衝撃に備えた。俺は素早く冴子を鎖で拘束し、鎖を滑車にかけた。

「それ、いくぞっ！」

冴子を拘束している鎖を力任せに引っ張った。滑車に繋《つな》がったその鎖を引くことで、冴子は天井に吊り上げられていく。

「きゃあぁぁ！」

冴子の身体が鎖とともに引き上がり、前後に足を開いている恰好《かっこう》になった。俺は目の奥に飛びこんでくる冴子の浅ましい姿を見やりながら冷たく笑い、ふっくらと二つに割れる尻丘へと手を忍ばせた。

「ひっ！　や、やめて下さい！」

冴子が首を左右に振ってささやかな抵抗を見せた。大きなリボンで束ねられた髪が、冴子が首を振る度に大きく左右に揺れた。

「やめてと言われてやめるほど、俺は優しくない」

わざとそう言って俺は冴子のお尻にベロリと舌を這わせた。そのまま吸いこまれるように尻の穴へと舌を進ませる。舌先で皺《しわ》を伸ばすように舐め上げ、色付く窄みの中へと滑りこませると、腸壁の肉感が舌の上に広がった。そして唾液を存分にまぶしたところで、中指をグリグリと直腸内に押しこんでいった。

「うぅっ！　嫌ッ！　嫌なのぉ！」

冴子は全身を震わせて拒否する。だが、俺は構うことなく、菊肛に差しこんだ指で内部をこねくり回した。

「うはぁっ、く、あっ、あはぁっ」

無理矢理挿入した前回の記憶が痛みとして身体に染みついているのか、冴子はその細い手足で鎖を軋《きし》ませる。

「いくら抵抗しても無駄なのはわかっているだろう」

冴子の華奢《きゃしゃ》な腰に腕を回して引き寄せ、俺はすでに膨張しきっている肉棒の先端を、ギチギチに締まった窄まりに押しこんでいった。冴子は泣きわめいて暴れるが、ただ足が虚《むな》しくバタつき、鎖がガシャガシャと擦れた音を立てるだけだ。

「そこまで反抗するならこちらにも考えがある」

俺は吐き捨てるように言って、後ろから手を回し、冴子の顎《あご》を持って顔をこちらに向けさせると、乱暴に唇を奪った。目を見開かせて狼狽《ろうばい》する冴子の唇を強引に割って舌を突き入れる。

「んぁっ」

絡みつく舌と舌がクチュクチュと卑猥な音を奏でて地下室の闇にこだました。俺の右手は冴子の呼吸で上下に揺れる胸へと回され、量感を確かめるように下から上へと乳房を持ち上げる。すべすべとした肌の感触を味わいながら、俺の手の中にすっぽりと収まる冴子の乳房をゆっくりと揉《も》みしだき、指先で乳首をつまんだ。

「あ、あぁん、はぅ」

驚いたことに、乳首を転がせば転がすほど冴子は甘い嬌声《きょうせい》を上げ、乳首の硬さも増してくる。俺は調子に乗り、左手にガラス製の注射器を握った。

「ひあぁっ」

冴子は下半身に走った突然の衝撃に身体を仰け反らして絶句した。

「俺に反抗したお仕置きだ。冴子、お前の尻に刺さっているこれ、なんだかわかるか？」

俺は冴子の耳元で囁いて、冴子のアヌスに突き刺したガラス製の注射器をグリグリと動かした。注射器の中に入っている濁った液体が波を立たせて揺れる。

「い、いや……冷たい……」

冴子は自分の肛門に走る異様な感触が、なんだかわからず怯《おび》えているようだった。

「そうか、冷たくて気持ち悪いか。じゃあ、もっと気持ち悪くしてやるよ」

注射器のピストンを押しこみ、俺は中に入っている液体を冴子の直腸へと注入していった。

「あっ！　ひぃ、いやぁぁぁ、冷たいお水が入ってくるぅ……」

冴子の掠《かす》れた声が俺の嘲笑と混じって地下室の闇にこだました。そして俺は冴子の身体に唾液で色を塗っていくように、肩口から大腿まで舌先で舐め降ろしていった。ナメクジが這ったような跡が、潤いのある瑞々《みずみず》しい白い肌にくっきりと残る。

「ううううっ」

やがて冴子の顔がみるみる青ざめ、額に冷たい汗が浮かんでくる。冴子の下腹がヒクついて、ぐるぐるとお腹の中を掻き回すような音が立ち始めた。

「うあぁぁっ、お腹が……苦しい……」

冴子は低く呻いて、下半身を襲う刺激に堪えている。

「そうか、それは良かったな。さっき冴子の中に注いだ液体は浣腸液《かんちょうえき》なんだから当然だよ」

俺がそう言うと、ピンクの窄まりがキュッと収縮して直腸内部の緊張が露《あら》わになった。

「お、お願いします。おトイレに行かせ下さい……うぅぅっ」

冴子は恥ずかしそうに頬を染め、声を細くして懇願してきたが、俺はあっさり拒否した。

「ダメだ。そんなにトイレに行きたいなら、遠慮することはない……ここですればいい」

「そ、そんな……。お願いです！　トイレに行かせて！」

「ダメだと言っているだろう。ここでするのがイヤなら、我慢するしかないな」

「そんな、無理です……私……もう……」

「漏れそうなのか？」

冴子は口惜しそうに頷く。俺はニヤリと笑った。

「じゃあ、手伝ってやろう」

俺は天井から吊り下がっていた冴子を降ろして、改めて手足を拘束した。右手と右足、左手と左足をそれぞれ繋いで、足を閉じられないように固定する。加えて尻を突き上げるような形で腰を吊り上げると、薄暗い地下室の闇の中に冴子の美しく白い肢体が浮かび上がった。

「サマになっているじゃないか、冴子」

「ううぅっ……」

冴子は目を涙で一杯にして、頬を紅く染めた。冴子には俺の目に映っている自分の姿を確認することはできない。しかし感覚で想像することはできる。自分の浅ましい姿を自分の中に思い描き、その姿に対して恥ずかしさを感じているのだ。

そして俺は革製の鞭《むち》を握った。その鞭の両端を持って、真横に勢いをつけて引っ張る。

バチンッと鞭が弾けた音が地下室に走った。

「ひっ」

冴子はその鋭く乾いた鞭声にギョッとしたようだった。

「い、今の音は……」

「ん？　これか？」

俺はそう言って鞭をしならせ、コンクリートの床に打ち付けた。ビシィィッという激しい音から冴子は恐怖を感じ取り、激しく動転している。

「こんな物を気にするより、トイレの方はどうなったんだ？」

鞭の先端を冴子の肛門に押し付けていじくり回してやると、冴子は尻を振って逃げようとするが、腰を吊り上げる棒がそれを許さない。

「はぁ、はぁ、くはぁっ」

全身に珠《たま》のような汗を浮かべて、白いヒップを突っ張らせている冴子の姿は、異様なまでに美しかった。

「お前は俺の……俺だけの奴隷だ」

暗闇を裂いて、鞭が唸《うな》りをあげる。俺は鞭に渾身《こんしん》の力をこめて、張りのある真っ白な尻肉を打ち付けた。

「ひぐぅぅ」

　バシィッという鞭の音とともに、冴子の悲鳴が地下室に響く。鞭が空を切り裂く度に、冴子の白いお尻に真っ赤な痣《あざ》が浮かび上がっていった。だが、俺は鞭を振るう手を休めなかった。一打ごとに華奢な裸体が跳ね、踊り、くぐもった悲鳴が漏れる。

　鞭の痛みで冴子の肛門はヒクヒクと蠢き、尻の筋肉が突っ張っていた。冴子は手足を拘束され、身動きもできずに、鞭打たれる痛みと排泄の欲求を堪えていた。そんな冴子の表情には明らかな絶望が見て取れる。俺はそれでも鞭を振り下ろすのをやめなかった。

「さぁ、見せてくれ！　お前の痴態を！　糞便を垂れ流す様を！」

　俺は荒々しく言い昂り、冴子の肛門めがけて力一杯鞭を振り下ろした。

「ひあぁぁあっ！」

　その瞬間だった。絶叫とともに、堰を切ったように冴子の肛門が口を開いて、糞便が滝のように噴出し、灰色の床に降り注ぐ。汚物がビチャビチャと床を撥《は》ねて冴子の顔や胸や手足にまで降りかかり、冴子の白い肢体を汚していった。そして全身を自らの汚物で彩った冴子は、その現実から逃げるように、意識を失っていった。

第九章　奈落の地下室監禁

翌日、俺は再び自宅の地下室に降りていった。冴子はじっとうずくまって泣いている。俺は無言で冴子の細い腕を掴《つか》んで立ち上がらせ、そのまま引きずるようにして部屋の真ん中に設置してあった長方形の長机の上に乗せた。そして足を横に百八十度広げた状態で、太股《ふともも》にベルトを巻き付けて机にくりつけ、更に腕を後ろ手に縛り付け、天井から鎖で吊《つ》り上げる。

「あうっ、いやぁぁぁっ」

冴子のまだ一度も男を受け入れたことのない秘裂が、足を開かされたことによって、小さな口をかすかに開いているのが見て取れる。

「綺麗《きれい》だよ……冴子」

俺はこもったような小声で呟《つぶや》いた。冴子は拘束された縄に身体を預けるようにして低く呻《うめ》いている。今の言葉、冴子には聞こえただろうか？　たとえ聞こえていたとしても、それは軽蔑《けいべつ》の意味としか捉えられないだろう。でも、俺は冴子のことを本当に綺麗だと思っているのだ。もう後戻りのできない場所に俺は立ってしまっているのだ。

「今日はお前の肛門《こうもん》を鍛えてやる。痛がってばかりいられるのも困りものだからな」

「き、鍛えるって……」

「こうするのさ」

俺は冴子の肛門に、俺の唾液《だえき》で濡《ぬ》らした直径十五ミリほどの小サイズのアヌス棒を差し入れた。

「う、あ、あぁ、あああぁぁぁぁ！」

パール状の突起がいくつか連なった形のアヌス棒が、こりこりと冴子の菊座にのみこまれていく。

「どうだ？　ズッポリと埋まったぞ」

冴子は荒い息を吐いている。冴子の呼吸に伴って直腸内が蠢《うごめ》き、アヌス棒の外に顔を出している部分がうねうねと生き物のような動きをみせた。

「このサイズじゃ物足りないか？」

アヌス棒を前後に出し入れさせるながら訊《き》くと、冴子は髪を振り乱して悶《もだ》えた。

「んっ、あっ、そ、そんなこと……ありませんっ！」

アヌス棒の窪みが菊孔を出入りする度に、ピクッ、ピクッと冴子の身体が波打つ。俺は小サイズのアヌス棒をズルリと引き抜き、代わりに直径が二十ミリ程度の中サイズのアヌス棒の先端を冴子の肛門にあてがった。

「次はコイツだ。少しキツイかもしれんが我慢しろよ」

「う、あ、あああぁっ」

山を越えたところでフッと力が抜けて、そのまま先端部分が冴子の直腸の中に埋まった。

「うぅ……だ、ダメ……」

太くて入らないというほどでもないのだが、冴子の中にあるアナルセックスに対する恐怖、不安や緊張といったものが括約筋を収縮させて、挿入を難しくしているのだ。

「力を抜いて、リラックスするんだ」

俺は冴子の耳元に息を吹きかけながら優しく囁《ささや》いた。すると、一瞬だけ冴子の緊張が解け、肛門内が緩くなる。その瞬間を見逃さず、俺は素早くアヌス棒を更に奥へと進めた。

「ひぐぅぅ!! くっ、あぁっ」

乳房を揉《も》みしだいたり、乳首を転がしたり、舌を這《は》わせたりして冴子の気を紛らわせる。冴子の敏感な肌は俺の愛撫《あいぶ》に過敏に反応して、悲痛な叫びは次第に甘美な喘《あえ》ぎに変わっていった。アヌス棒は徐々に冴子の奥へと埋まっていき、いつの間にか根本まで収まりきっていた。

「なかなかいい声になってきたじゃないか」

俺はそう言って、ビッチリと埋まりこんでいるアヌス棒をズルリと冴子の肛門から抜き出した。

「ううっ、はぁぁぁっ」

冴子の叫び声の中には微かだが熱っぽい吐息が混じっており、縛られた身体もほのかに桜色に染まりつつあった。

「しかしこの程度で満足してもらっては困る」

そう言って、俺は直径が25ミリほどのアヌス棒を取り出し、一番大きなサイズのアヌス棒を冴子の肛門に沈ませていった。尻の穴のシワが張りつめ、今にも破れそうなほどパンパンになる。

「うぐあぁぁっ」

ようやく先端部分が直腸内に埋もれたかと思うと、冴子が激しく腰を振って悲鳴を上げた。

「どうした？　まだ半分も入っていないぞ！」

「ダメッ、絶対無理です！　こんなの入らない！」

「そうは言うがな、お前はすでにコイツよりも太いチ×ポを受け入れているんだぞ。あの時のことを思えば、こんなモノ大したことはないはずだ」

「んぐっ、んはぁっ」

アヌス棒はゴリゴリと冴子の腸壁を削りながら掘り下がっていく。ビーズ状の物が一つずつ冴子の中にくわえこまれていくたびに、冴子は悲鳴を上げた。

「んふぅんっ　あぁぁんっ」

内側からの圧迫に苦しい表情をしてはいるが、その吐息は甘く熱っぽい響きを含んでいる。冴子は初めて味わう未知の感覚に困惑しながらも、少しずつその波に身を任せていっているようだった。

やがて冴子の秘裂から粘着質の液体がトロリと跡を残しながら机の上に零れ落ちた。俺は机の上に垂れたその恥蜜《ちみつ》を指先ですくい、口に含む。口の中に、冴子の蜜液の味が広がった。俺は大きく高笑いすると、冴子の直腸からアヌス棒を引き抜いた。

「あ、はぁ、ふあぁ、はぁぁ……」

冴子は胸を揺らしながら大きく息を吐き、だらりと身体を垂らしている。

「何を休んでいるんだ？　まさかこれで終わりだなどと思っているんじゃないだろうな」

薄暗い地下室の闇に、拘束具の擦《こす》れ合う金属音と、冴子の慟哭《どうこく》が響き渡った。

「も、もうヤメて……んッ！」

冴子はバーに右手と右足、左手と左足を固定されて天井に吊り下げられ、口にはマウスプラグまで付けられたので喋《しゃべ》ることすらできない。アヌスからは六方向に別れているフック付きのベルトが、肛門括約筋を巻きこみながらピンッと外側に張っている。グイグイと外側に引っ張られて拡張された菊門は悲鳴を上げるように真っ赤に染まっていた。

「んっ！　んんっ！」

冴子は必死に何かを訴えようとするが、口を塞《ふさ》がれているのでそれもかなわない。俺は冴子の延びきった菊孔の皺《しわ》をなぞるように指の腹で撫《な》でていった。

「もっといじって欲しいのか？」

冴子は声を絞り出しながらブルブルと首を左右に振った。俺はズブリと指を差しこんで、腸壁の柔らかい感触をその指に感じながら掻《か》き回す。

冴子はほのかに紅く染まった頬《ほお》を涙で濡らした。零れ落ちた涙の雫《しずく》が闇の中に吸いこまれて消えていく。マウスプラグの端から唾液がだらだらと溢《あふ》れて唇の端から垂れていた。

「気持ちいいか？　冴子」

「んふぅん、んんっ」

指を突っこんで腸内を激しく引っ掻き回すと、縦に走る冴子の淫裂《いんれつ》から蜜液が溢れ出し、尻穴に突っこんだ指にまで絡みついてきた。

「いいぞ冴子、その調子でもっと感じるんだ」

熱くざわめく腸壁がうねうねと指にまとわりついてくる。冴子の手足を締め上げる拘束具が激しく揺れ動き、ギシギシと軋《きし》んだ。冴子の瞳からはぽろぽろと大粒の涙が流れ落ち、声にならない声が暗闇に溶けこんでいった。

「泣くことはないだろう」

俺は指を何本も冴子の肛門に差しこんで乱暴に腸壁を嬲《なぶ》り尽くした。そして菊襞をベロリと舌で舐《な》める。

「んふぅっ、んぅっ、んっ」

冴子の秘処が分泌する粘液も量を増し、尻穴まで流れ落ちてきて、こね回す俺の指に絡んでクチャクチャと淫猥な音を奏でた。

唯一の光源である裸電球の淡い光が、天井から吊された白い肢体の影を作り出している。俺は冴子の口の自由を奪っていたマウスプラグを外し、くくりつけてある鎖を外して天井から引き下ろした。そして手足を拘束したまま、床の上に仰向けに尻の穴を突き出すような格好で固定し、冴子を寝かせた。

「んんっ、もう、もう許して……」

大きく口を開けた冴子の肛門が目の前に飛びこんでくる。アヌス拡張用の革ベルトの効果は絶大だった。俺は感嘆の息を吐きながら開きっぱなしの冴子の肛門に顔を近づけて、吸いこむように内奥へと続いている直腸の中を覗《のぞ》きこんだ。

「汚いものが随分と溜まっているな。こいつを綺麗にしてやろうと思うんだが、このままでも悪くはない。冴子、お前はどっちがいい？　このままか、綺麗にした後か……」

冴子はしばらくの間黙っていたが、答えなければさらに酷《ひど》いことをされると悟ったのか、ゆっくりと唇を動かし、掠《かす》れた声で答えた。

「き、綺麗に……して……下さい……」

「そうか、綺麗にして欲しいか……」

俺はふぅとため息を一つ吐いて、その場から離れると入り口付近の棚に歩いていく。冴子はしきりに俺の行動に耳をそば立てているようだった。

「どうした？　何か気になることでもあるのか？」

「あ、あの……トイレに行かせてくれるのでは……」

冴子は俺の顔色を窺《うかが》うかのように声を落として言う。俺は思い切り笑った。

「何を勘違いしているんだ。俺は綺麗にしてやると言っただけだぞ。トイレに行かせてやるなどとは一言も言っていない」

俺はニヤリと唇の端を歪《ゆが》ませた。当然、冴子には、ただ黙っているように思えるはずだ。

「お前にトイレなど必要ない。まあ、強いて言うなら、ここがトイレだ」

「そ、そんな……」

冴子の側《そば》に戻ってきた俺の手には、耳掻きの形状をした鉄製の棒と、ペトリ皿が握られていた。俺はペトリ皿片手に、摘便用の棒を、口を開いたままの冴子の直腸内へと差しこんでいく。

「う、あっ、何を……あはぁっ」

「心配するな。傷付けたりはしない。こいつで糞便を掻き出してやるだけだ」

俺は腸壁に傷を付けないように優しく棒でなぞっていった。黒ずんだ腸壁を擦り上げると、棒の反り返った部分に排泄物《はいせつぶつ》が溜まって、盛り上がっていく。

「一掻きでこんなにも溜まったぞ、ほら」

俺はすくい上げられて棒の先にこびりついた排泄物を冴子の鼻先に持っていってやった。冴子の鼻が意志に反してヒクヒクと動く。冴子は顔を真っ赤に染めて顔を背けた。

「自分の排泄物がそんなに嫌なのか？」

俺は肛門の上を縦に走っている秘裂に目を遣り、そこから微かに滴っている蜜液を確認した。俺は自然に唇が歪むのを感じ、もう一度、直腸内に摘便用の棒を突っこんで、腸壁を優しく撫で上げた。

「あぁっ！」

「感じているな、冴子」

「ち、違います、んっ、そんなこと、あうっ」

「自分では認めたくないということか……。ならば身体に聞くまでだ」

俺はペトリ皿に掻き出した汚物を乗せると、再び棒の先端を冴子の中へと忍ばせていく。するとと、冴子は押し寄せる快楽に身を震わせた。

「どうだ、正直に認める気になったか？」

冴子は目に涙を溜め、懸命に尻を左右に振って、なんとか俺の仕打ちから逃げようとするが、拘束具がそれを許さない。そればかりか、変に暴れたせいで、俺が差し入れていた摘便用の棒が冴子の直腸を引っ掻いて、更なる刺激を冴子に与える結果となったのだ。

「嫌がっているふりをしても、お前のオ××コはこんなにも喜んでいるぞ」

「い、いや……言わないでっ」

愛液を垂れ零す冴子の秘裂を指の腹でなぞって、俺は冴子の唇に塗り付けた。

「これでわかったろう？　お前は感じているんだよ。俺がこの棒で一掻きする度に、お前のアソコは蜜を垂れ流す。お前は尻の穴を嬲られることで感じてしまう身体になってしまったんだ」

「ううぅ……」

「まぁいい。今はこっちを片付けないとな。お楽しみはその後だ」

棒で掻き出した汚物をトントンと皿の角を叩《たた》いて振り落とし、棒をまた冴子の中へと戻す。何度かその行為を繰り返していると、いつの間にかペトリ皿が一杯になっていて、冴子の直腸内も洗い流されたように綺麗になっていた。

俺は満足げに微笑《ほほえ》んで、道具をしまうと、括約筋にかけられたフックを外し、ベルトを取り去る。もう無理矢理拡張するようなものはなくなったはずなのに、冴子の肛門は開いたままになっている。冴子は尻に力を入れて、穴を閉じようとするが、長時間引っ張られたままだった筋肉は延びきって硬直し、肛門がヒクヒクと動くだけだった。

「待たせたな、冴子。やっと気持ち良くさせてあげられる」

俺は冴子を長机に乗せて、片足を抱え上げ、肩に担ぎ上げた。

「気持ち良くなんかなりたくない……あっ、くぅぅっ」

俺は冴子の股間《こかん》を撫でて零れ出す愛液をすくい上げると、それを自分のモノに塗りたくった。

「ひっ、いやぁぁぁっ！」

冴子は腰を後ろに引いて、俺の肉棒を避けようとする。

「怖がらなくてもいい。痛くはない。お前はもう以前の冴子じゃないんだ」

冴子は俺の言葉に微かな反応を見せると、その表情を頑《かたく》ななものにした。そして静かに目を閉じる。

「私は……私は………変わりません。どんな仕打ちを受けても、どんなに酷いことをされても……」

冴子は光を失ったその瞳を大きく見開いた。

「……私の心は以前のままです！」

「そうか、以前のままか。面白い。試してやろうじゃないか、お前のその身体と心を」

俺は怒りを表すかの如くいきり立ったペニスを冴子の肛門へ突き入れた。

「うはぁぁっ！」

開ききった尻穴は俺のシャフトをすんなりと受け入れた。冴子の直腸内は秘処から垂れた愛液で濡らされ、ヌルヌルと滑りながら俺の怒張を余すことなく受け入れる。開ききった肛門は俺の肉棒をビッチリとくわえこみ、強烈な締まりをみせてくるのだ。俺は冴子の尻の割れ目に姿を消している肉棒に目をやると、歓喜に打ち震えた。

「ふぁっ！　あぁ、あっ！」

女の悦《よろこ》びが混じった声を漏らしている冴子を見て、俺は思わず顔を綻ばせた。

「痛いのか気持ちいいのかはっきりしろよ」

直腸内に沈んだ剛棒を腸壁に押し付けるようにして前後に揺らし、内部を掻き回してやると、冴子はガクガクと全身を痙攣《けいれん》させた。俺は火照った肉壁に包みこまれる感触に身を震わせながらも、二度、三度と荒々しく腰を突き入れた。冴子はそのたびに白い肢体をビクッビクッと仰け反らせ、甲高いよがり声を上げた。溢れ出した淫蜜がすぐ下の穴で出し入れされているペニスに絡みつき、クチュクチュと卑猥《ひわい》な音が響く。

「う、うぅんっ、はぁ、あっ」

冴子の顔が赤々と上気し、張りのある胸が柔らかそうにタプタプと揺れ動いた。

「私っ！　私っ！　変になっちゃううぅ！」

冴子が俺の腰の律動に合わせながら自分から貪るように腰を振り立ててきた。冴子は髪を振り乱して身を捩り、乳房を波打たせて、悲鳴に近いよがり声を上げた。

「んっ、あぁっ、気持ちいいっ！」

「冴子、イきそうなんだな？」

キュッキュとアヌスが収縮を繰り返し、冴子の初めての絶頂を予感させた。俺は激しく腰を打ち付けて、何度も何度も肛門と腸壁を擦り立てた。冴子は迫り来る絶頂に声を上擦らせ、弓なりに身体を仰け反らせる。

「くっ！」

俺の怒張が直腸の奥深くでドクンと脈打った刹那、冴子の絶頂を示す叫び声が耳をつんざいた。俺は下半身を震わせて、精液を冴子の直腸にぶちまけ、最後の一滴まで絞りきる。

そして冴子は、ガクリと力を失っていった。

菊孔から肉棒を引き抜くと、白く濁った粘液がドロリと冴子の肛門から零れ落ちて、机の上に白い水溜まりを作った。冴子はぐったりして机の上に横たわり、アヌスをピクピクと痙攣させては中で溢れかえっている精液を外に吐き出している。

「どうだ、冴子？　まだ以前と同じなどといえるか？」

冴子は肩で息をしながら絶頂の余韻に身を預けていたが、ふいに顔を上げると、見えないはずの目で俺を見据えてきた。

「私は変わってません。今も昔もたぶん、これから先もずっと……。目が見えなくなった時だって、今だって同じです。私の心は……いつまでも……」

「言うな……」

俺がそう言っても、冴子は言葉を続けた。

「たった一人の男性のためだけに……」

「言うなぁっ！　俺だって……俺だって……」

そんな目で俺を見ないでくれ。俺が光を奪ってしまった、その目で——俺は冴子にそう懇願したくなった。もう何も考えられない。何も考えたくない。

「うわぁぁぁっ！」

俺は冴子を組み伏し、仰向けにして股《また》を割らせた。絶頂の迎えたばかりの、その蜜濡れる秘裂に怒張を突き立てる。

「いやぁぁっ！」

目の前に冴子の白い肢体が浮かび上がっている。冴子は身を捩って逃れようとしていた。だが、俺は構うことなく肉棒を狭く閉ざされた秘裂へと押しこんでいった。先程のアナルセックスのおかげで、愛液で潤った冴子の肉壺《にくつぼ》は抵抗なく侵入者を迎え入れたが、鰓《えら》の張った怒張が処女の証《あかし》を押し分けた時、冴子の顔が苦痛に歪んだ。

「痛いっ！　痛いぃっ！」

まだ男を知らない硬い肉壁が、ギチギチと俺の肉棒を締め付けてきた。処女の壁は、先端を突き返し、閉じた内側に分け入ろうとする度に拒絶する。しかし、俺は強引に侵入していった。

「ぐあぁぁっ」

冴子は泣き叫んで激しく抵抗してくる。しかし俺の腕ががっしりと冴子を押さえこみ、身動きを取らせない。痛みで縮み上がった処女の繊細な柔肉は、俺の肉棒によって引き裂かれ、その道を容赦なくグイグイと拡げられていた。

「くぅぅっ、あはぁぁっ！」

凶暴なまでに膨張した肉棒が根本まで没すると、冴子の身体が大きくのけ反ってブルブルと震えた。ペニスにじわじわと何かが染みこんでくるような感触があった。ヌルヌルとした温かい感触――破瓜《はか》の血だった。その血が冴子の秘裂から零れ出し、恥丘を伝って下腹の辺りまで流れ落ちていく。それでも、潤んだ粘膜の温もりは俺を包みこみ、初めて男を迎え入れた肉壺は痛いほどに俺の怒張を締め付けてくる。俺は我を忘れて腰を動かした。

「あっ、痛いぃぃいっ、やめてっ！　動かないでぇっ！」

冴子は長い髪を振り乱して辛《つら》そうにすすり泣く。涙が頬を伝い落ち、歪んだ唇からは唾液が溢れて、冴子の美しい顔を醜く彩った。

「んんっ、く、はあぁっ」

猛々しい怒張の先端が最奥に突き当たり、それを突き崩さんばかりの勢いで、何度もノックする。肉壺から溢れ出る粘液が破瓜の血と混って白桃色の液体となり、俺が腰を打ち付ける度にビチャッと弾《はじ》けて冴子の恥丘に降りかかった。真っ赤に染まったクレヴァスはピチピチに押し開かれ、怒張が躍動するたびに肉襞が巻きこまれていく。

俺はまだ終わりたくはなかった。冴子のこの肉体を、もっとゆっくり味わっていたかった。しかし、射精感の高まりはどんどん膨れ上がり、堪《こら》えきれそうもなかった。

「くっ、イクぞ！　お前の中に全部ぶちまけてやるっ！」

俺は呻きながら、更に激しく邪悪な欲望の赴くままに荒々しく腰を使った。脳を突き抜けるような痺《しび》れが熱い奔流となって背筋を駆け抜ける。冴子の最奥へ先端を押し付けた瞬間、欲求は一気に頂点まで昇り詰め、ドクンッと肉棒が脈打った。

「いやぁぁぁっ！」

勢いよく射出された煮えたぎる樹液は、肉洞の奥で跳ね返り、埋没した剛直にまで絡みついてくる。

「う、うぅぅぅ……」

俺は荒い息を漏らしながら、肉棒を引き抜いた。冴子は自分の中に注ぎこまれた精液の感触にビクッ、ビクッと下腹を震わせると、限界を越えたのか、フッと力を抜いた。

魂まで一緒に押し出して注ぎこんでしまったような強烈な絶頂感の後に訪れた虚脱感で、俺は我に返った。そして俺の目の前で、尻穴と肉壷の両方からドクドクと白濁液を垂れ流し、力なく横たわる冴子の姿を見て、俺は激しく後悔した。だが、凶暴な欲望はすぐにまた頭をもたげてくる。

冴子は肩で息をしながら、初めて迎えた絶頂の余韻にその身を預け、恍惚《こうこつ》とした表情で何も言おうとしない。俺は何かに憑かれたかのように、冴子の両足を拘束具で縛り付け、直腸が真っ直ぐになるように冴子を逆さ吊りにした。

「うはぁぁっ！」

冴子の身体が吊り上げた勢いで前後左右に揺れる。束ねられた長い髪が床にまで、垂れ下がっていった。吐き出したばかりの精液が冴子の直腸の奥に溜まっており、腸壁が白く濁った色を染みつけられている。俺はまだ口をパクパクさせている肛門に指を突っこみ、精液を掻き出した。

「くっ、あっく、はぁっ」

掻き出したベトベトの粘液を冴子の身体に塗り付けると、冴子は髪を振り乱して嫌がった。ヌルヌルの指で身体をまさぐられる冴子の目から涙が溢れ、瞼《まぶた》から額を沿って下に伝い落ちていく。

「畜生！」

俺は半ばやけくそになり、蝋燭《ろうそく》を取り出して火をつけた。途端に、冴子が身構える。

「腸の型を取ってやる」

「ひぃぃぃっ」

俺は冴子の肛門にクスコを突っこんで、ギリギリと穴を広げた。そして俺は溶けて蝋燭の縁から零れそうになっている蝋を冴子の肛門へ、一滴、垂らした。

「ぎゃあぁぁぁっ」

冴子の絶叫が二人だけの空間にこだまする。冴子はガクガクと身体を震わせている。蝋をもう一滴垂らすと、冴子は腸の中を焼かれる感じに、激しく身体を揺すって悶えた。そのたびに、足を縛っていたロープがその揺れに伴って軋みを上げる。

直腸内を覗いてみると、垂らした蝋が底の方に沈殿していて、熱せられた腸壁がその蠢きを妖《あや》しくしている。ポタ、ポタと蝋が尻穴に吸いこまれていく度に、冴子の身体が撥《は》ね、泣きわめく声が響き渡った。

俺は陶酔したように冴子の悲鳴に耳を傾け、蠢く腸壁に眼を奪われていた。溜まった蝋を一気に流しこむと、冴子の直腸が蝋で一杯に満たされる。冴子が熱さに身体を揺らすと、肛門から溢れ出した蝋が尻肉や秘裂に飛び散って付着し、すぐに凝固した。

冴子の直腸に満たされている蝋の表面を指先でつついてみると、中心部は少し柔らかいが、腸壁と接している

部分は十分に凝固し、コッコッと固い感触が指を伝わってきた。そして俺はクスコの柄に静かに手をかけた。冴子は必死に顔を振って拒む。

「もう遅いんだよ……」

そして俺は、冴子の尻穴から引き抜かれた直腸を型取った蝋を握った。

「や、やめて……お願い……」

冴子は気を失う寸前といった風情で、俺に囁いてくる。

「あなたは……そんな人じゃないから……」

冴子がそう囁いた瞬間、俺はハッと我に返った。

「なんだと?」

「あなたは、そんな人じゃないから……」

冴子はそう言うと、フッと気を失った。俺は直腸を型取った蝋を投げ捨て、冴子を抱きしめた。気が付けば、俺は泣いていたのだった。

第十章　対決と別れ

翌日、俺は未菜を部屋から追い出し、夜になると病院のロビーへと向かった。

病院のロビーの照明は消され、辺りはしんと静まり返っている。コッコッと鳴る靴の音が、不気味に響く。俺は陣の待つ病室へと向かった。

「ふぅ、待ってたよ、正樹」

病室に入ると、陣は開口一番、そう言ってきた。

「で、連れてきたのか？　姿が見えないようだが、ははあ、後からここに来るわけだな」

「いや、女はここには来ない」

俺がそう言うと、陣は怪訝《けげん》そうな目で俺を見つめてきた。

「どういうことだ？　今日は約束の十日目だぞ」

「陣、俺はこの仕事から、足を洗おうと思う……」

「おいおい、いきなりどうしたんだ。気でも狂ったのか？」

「俺は気なんて狂っちゃいない。いや、たしかに今まで狂っていたのかもしれない。だが、俺は自分の答えを見つけた……。こんなことではいけない」

そこで俺はため息をつくと、再び言葉を続けた。

「なぁ、陣。昔のお前はこんな奴じゃなかった。一緒に手を引こう。そして、この病院の実体を世間に公表するんだ」

そこまで言い終わっても、陣はしばらく黙っていたが、やがて嘲笑するような笑みを浮かべ、高笑いを始めた。

「陣……」

俺がそう呼びかけても、陣は笑いすぎて涙を浮かべた目で俺を見ている。

「正樹、十年前のあの時、俺たちがいったいなにをやらされようとしていたのか、いいや、軍が何をしたかったのか知っているのか？　今俺たちがいる、この街を守る——それが俺達の命令だったよな」

陣は再び笑い始めた。

「何を言っているんだ、陣」

「奴等はこの街を守ろうとしたんじゃない、破壊しようとしたんだ」

「違うだろう。俺たちは、この街を守りに来たんじゃないか。いや、実際に守ったじゃないか。そして、たくさんの仲間が死んだ！　みんないい奴ばっかりだった。アイツらの死は何だ？　無駄死になのか？　俺はそんなこと認めない！」

「……何も知らねぇんだな、正樹は」

陣の表情に影がさした。その表情は、一見なんの感情も宿していない、冷たいものに見えたが、一つだけ明らかな感情が見えた。陣は俺を憐《あわ》れんでいるのだ。

「この街で、細菌兵器が開発されていたんだよ」

「……細菌兵器？　どうしてそんなものが、ここで？」

俺は陣の言葉に、正直驚きを隠せなかった。

「戦略的に重要な拠点で、細菌兵器を開発するのは、リスクが大きい。それはわかるだろう？」

「ああ、万一事故でも起きたら関係のない大勢の人が死んでしまうからな」

「少し違う。確かにそれもあるが、戦略的価値のある場所は敵の目に触れやすい。こっそりと秘密兵器を作るには、いまいちの場所だろ？」

「だから、ここ、なのか？」

陣はゆっくりと頷《うなず》いた。

今でこそ、この街は発展しているが、当時、俺たちが戦っていた頃は、この街はただの田舎町だった。素朴な、ただの田舎町だったのだ。

「この街の人たちは、そんなことのために死んだのか？」

「……本望だったんじゃねえかな」

「他人に自分の命を弄《もてあそ》ばれて、何が本望だっ！」

「ここの街、戦争が始まってから出来た街だって、知ってたか？」

「今はそんなこと関係ない！」

「いいから聞け！」

陣の言葉は短かったが、それでも俺の中の何かに訴えかけるだけの力を持っていた。俺はとりあえず冷静さを保とうと努力した。

「この街は、細菌兵器開発のための街だったんだ。この街の住人は、そのためのスタッフだった。……一人残らず、な」

陣の言葉は熱くなっていた俺の心を一気に冷ました。

「安心しろよ、子供は例外だ。ただし、その親は、大量殺戮《さつりく》の大罪人になってたかもしれないクズだがな」

「確かに、この街の人たちは、お前の言うとおりの人間だったかもしれない……。しかし、それでも他人が他人の命を自由にしていい道理はないはずだっ！　本望なはずが無いっ！」

「本望さ。自分たちが、どうしようもない人でなしだってことが、バレずに済んだんだからな」

陣はあくまで冷静だった。俺の脳裏に、冴子をかばって死んでいった冴子の両親の姿が思い浮かんだ。俺は少しの間だけだったが、この街の人々と過ごした。皆、温かい人たちだった。その温かさはウソだったのか？　俺の勝手な思いこみだったのか？　そんな俺をよそに、陣は口を動かしていた。

「で、その情報をどっからか嗅《か》ぎ付けた敵さんは、この街を占拠しにきたってわけだ。細菌兵器はタチが悪いからな。敵に持たせせちゃマズイって考えるのが、まぁ普通だわな」

陣はベッドから立ち上がり、話を続けた。

「だが、軍の上層部は敵さんにバレちゃあ、面白くないって考えたんだろうな。和平交渉がうまくいきそうな感じだったし、後々面倒《めんどう》になるってわかり切ってただろ？　だから上層部は兵器の資料を持ち出し、この研究施設を、つまりこの街を証拠もろとも跡形もなく消し去ろうとしたわけだ」

「ちょっと待て、この街もろとも？」

「そうだ。だが、問題が一つあった。準備が整う前に、敵さんにその研究施設に踏みこまれては困るってわけだ。そこで、俺たちはこの街を死守するということで、研究施設に敵を近づけないように手駒として使われたわけだ」

「そんな……。ウソだろ？」

だが、陣の表情は真剣だった。冗談を言っている顔ではない。

「ウソなもんか。思い出して見ろ。不明瞭《ふめいりょう》な命令。遅れてきた増援。おかしなことだらけじゃねえか？　不自然を通り越して、怪しいと思わなかったか？」

そしてしばらくの間、沈黙が続き、陣はスーツのポケットに手を入れて病室内をゆっくりと歩き回りながら、再び喋《しゃべ》り始めた
「……俺たちが捨てゴマだってことは、わかってた。でも、俺たちはこの街の人たちを助けたい――そう思って戦った」

「そうだな……」

　俺は小さく頷く。

「しかし、蓋《ふた》を開けてみれば、俺たちもこの街の住人も、お前の冴子も、ただ上層部のために人身御供にされてたんだ。ただの時間稼ぎのために、な。そして上層部が兵器の資料の持ち出しを完了した後、遅れてきた増援部隊が敵さんもろともこの街を殲滅《せんめつ》させたってわけだ。おそらく、誰の目にも敵さんに占拠された街を奪い返すためにとった行動だと映っただろうよ。汚い手を使う奴らだ……」

　陣はそこまで言うと、ふと足を止めた。

「俺はその事実を知って馬鹿馬鹿しくなったよ。俺たちは、いったいなんなんだろうってな。だが、軍はデカ過ぎた。俺一人じゃどうしようもなかった」

「どうしてだ？　どうして俺に……俺たちに一言声をかけてくれなかったんだ？　部隊の生き残りは少なかったけど、みんなもきっとお前の考えに賛成したはずだ」

　陣は俺の言葉に少し嬉《うれ》しそうな表情を見せたが、すぐに冷笑するような表情に変わった。

「お前は違ったが、他の奴らは将校になれるって、エリートコースに乗れたって、大喜びだったろう？　上層部のエサに釣られちまった奴らに何を言っても仕方がなかった」

「俺が、俺がいたじゃないか！」

「冴子のことで苦しんでるお前を巻きこみたくなかった。俺は一人でやるしかなかったんだ」

俺は言葉を失った。ただ呆然《ぼうぜん》とそこに立ちつくしているしかなかった。

「すまない。俺がしっかりしていれば……」

「お前のせいじゃないさ」

「でも、おかしいじゃないか？　内戦終結間際のことは、納得できる。だが、今のお前はなんなんだ？　何か考えがあって、こんなことに手を染めているのか？」

「俺は、あの時のことから学んだことがある。汚れたヤツが勝つんだ！　この世の中はっ！」

そう言葉を吐く陣の瞳に狂気の色はなかった。ただ、俺の瞳にはそれはとても悲しいものに見えた。

「だから俺も人を食い物にして生き残ることを選んだ。知ってるか？　正樹。実はこの病院が、その研究施設だった場所の跡地だ。今でも、さまざまな研究が続いている。お前は奴隷調教で、運営されているように思っているかもしれないが、それは利益のほんの一部に過ぎない。俺よりももっと卑劣なことをやってるヤツがたくさんいる」

陣はそこでふうっとため息をついた。

「そうやって、この街はこの病院を中心に繁栄していったんだ。俺たちみたいな汚れ役がいるから、この街はデカくなったんだ」

　陣の表情は晴れやかだったが、その中心に渦巻いているのは、どす黒い感情のように見えた。陣の心は、十年前のこの街で壊れていたのかもしれない。信じていたものに裏切られる——陣はそれに耐えられなかったのかもしれない。俺はそんなふうに思った。

「俺がお前を誘ったのは、あの馬鹿な出来事に巻きこまれた同士、いや、友人だからだ。一緒に、この街をデカくしよう！　そして、最後は二人でこの街を仕切るんだ！」

「……俺を友人だと言ってくれるのなら、何故頼ってくれなかった？　あの時、俺に相談してくれていれば、今、こうしてこんなところにいやしなかったんだ。陣！　目を覚ませ！　俺たちは、この街を守ったんだ。この街をダメにするために守ったわけじゃないだろう？」

　俺は一気にまくし立てた。

「俺たちは、俺たちのために守ったんだ。この街は俺たちの誇りだ！　俺たちが、一生懸命に生きた証《あかし》だ！　それを俺たちが汚してどうする？　あの頃を思い出せ！　なあ、あの頃を思い出してくれよ、陣」

　俺の頬《ほお》に冷たい感触が走った。涙？　そう、俺は泣いているらしかった。目の奥が熱い。

「お前ならわかってくれると思っていたんだがな」

　そう言う陣の表情は、感情を宿していなかった。

「仕方ない……」

次の瞬間、陣は素早く懐に手を差しこんだ。俺は反射的に、軍にいた頃の感覚を甦《よみがえ》らせ、陣が銃を抜くことに対して防御運動を開始していた。遮蔽物《しゃへいぶつ》のないこの場において、飛び道具に対して有効な防御措置はない。ただし、射撃体勢に入っていれば、の話だ。

俺はかつて教えられたマニュアルどおりに行動した。頭で考える前に、身体が動いていたのだ。

「やめろ、陣っ！」

ジャケットの下のガンベルトから、銃を抜こうとしている陣の懐に飛びこんだ。

「正樹っ！」

俺の手が陣の右腕を捉えるよりも一瞬早く、陣は銃を抜いた。銃口の中の螺旋《らせん》が見える程の距離。今撃てば、確実に俺の眉間《みけん》を撃ち抜けるだろう距離。その瞬間、頬に恐ろしく高い温度を帯びた鈍い痛みが走った。銃弾が俺の頬をかすめたのだ。外れたのではない。陣が故意に外したのだ。

「友人としてのこれが最後の忠告だ。この街から出て行け、正樹」

陣は、低い姿勢のまま固まっている俺の頭を鷲掴《わしづか》みにし、凶悪な口径の銃を眉間に押し当ててくる。発射直後のため、帯熱している銃口は、俺の眉間に小さな火傷《やけど》を作った。

「俺はお前を殺したくない。このままどこかに行って、二度とこの街に足を踏み入れるな」

銃のハンマーが引き降ろされる音とは思えないほど、硬く重い音が静かな病室に響く。

その音は俺に対する、陣の最後の警告だった。

「俺は……逃げるわけにはいかないっ！」

俺は陣の警告を無視し、視線を銃口に固定したまま、腰を沈ませ、右足で陣の足を払った。重い音とともに俺の右足が弾《はじ》かれる。軸足にしていた左足を支点に、コマのように俺の身体が、逆を向く。その瞬間、俺の背中が完全に無防備になった。

陣の持つ銃の銃口が俺の背中を舐《な》めるように移動し、後頭部で固定されているのがわかる。冷たい鉄の感覚が、十数センチの距離でもその存在を誇示しているように思えた。

「たしか、十日前に千里を紹介した時に言ったろ？　このスーツは特別製だって。ケブラーを重ねた強化ジャケットの下にアルミハニカムのチェーンメイルが仕こんである。下手な防弾着よりもよっぽど役に立つ」

陣はジャケットをパンパンと叩《たた》いて、付いてもいない埃《ほこり》を払った。

「そんなものを普段着にしなければいけないほどのことをお前はやっているということだな？　陣」

俺の揶揄《やゆ》に対しても、陣は態度を崩すことはなかった。

「この街は、もっともっと酷《ひど》くなる」

「……お前が、いや、お前たちが酷くしているんだろう」

俺がそう言うと、銃口が移動するのを背中越しに感じた。頭部のずっと下――心臓だ。

「もう一度聞かせてくれ、正樹。俺と二人で、この街を仕切ろう」

陣の左手が俺の左肩にそっと添えられた。もちろん、銃口は、胸部に固定されたままだ。

「イヤだ」

「そうか、残念だよ、正樹」

陣の左手が俺の肩から離れる。俺はその隙《すき》を見て、その左手を掴み、陣の身体を背中に乗せて立ち上がった。

「な、正樹っ！　お前ぇっ！」

俺は異常なほどの体重の陣を左手一本で担ぎ上げ、そのまま背負い投げの要領で床に叩き付ける。例の特注のスーツのせいで体重の増している陣は、慣性の法則に従って、猛烈な加重を加えられて落下していった。その衝撃は、尋常ではないはずだ。

信じられないほどの早さで動く心臓と、異常に酸素を求める自分の肺に、俺は自分自身でも驚いていた。十年のブランクはさすがに大きい。息が苦しいほどだ。

「つっ」

俺は突然右手に痛みを感じた。肉と皮を捻るような、鋭い痛みだ。陣の左手が俺の右手を掴んでいたのだ。

「今のは結構効いたぜ」

俺の右手を掴んだまま、陣はクルリと体勢を入れ替え、ゆっくりと立ち上がる。もちろん、銃口は俺の眉間に固定したままだ。

「最後に面白いモノを味わえた。……正樹、本当に残念だ」

そして陣は、まったく躊躇《ちゅうちょ》することなくトリガーを引いた。だが、その直前、俺は左拳《ひだりこぶし》を銃に叩き付け、銃口を自分の身体から逸《そ》らした。そのまま、銃ごと右手を陣の胸で押さえつける。これで、少なくとも俺の身体に撃とうとする場合、タイムラグが生まれる。

「ナメた真似《まね》をしやがって！」

俺がとっさに取った行動は、昔、軍で覚えた体術だった。あのいまいましい戦争の記憶を身体は忘れてはいなかったのだ。

「くっ、やるじゃねえか」

陣は、俺に固定させられている右腕と銃をフリーにしようと、渾身《こんしん》の力を振り絞っているようだった。俺は、それを精一杯の力で、押さえこむしかできない。

「正樹、やっぱりお前を誘ったのは正解だったぜ。お前は、こっち側の人間なんだ。な、俺と楽しくやろうぜ」

「イヤだ。陣、お前こそ、こんな商売からは足を洗ったらどうなん……だっ！」

俺は陣に掴まれている右腕を大きく後ろにスイングさせ、同時に陣の左足首に右足を乗せて、左足で右足を払った。しかし、陣は俺よりも体術に長けている。俺の攻撃などお見とおしだったのだろう。素早く反応し、先制のヘッドバットを入れてくる。俺は激しく脳を揺さぶられるような振動にバランスを失いながらも、陣の足をもう一度払った。

「ぐおっ！」

俺たちはもつれ合いながら床に身体を叩き付けあった。その瞬間、銃声が響いた。陣が苦しそうにしている。胸からは血が流れていた。

床に広がっていく赤い血の池に、陣の身体と銃が沈んでいく。ハンマーが戻っている。間違いない、陣の銃から発射されたのだ。誤射だ。

セーフティを解除し、トリガーに指をかけたままの格闘戦——そんなものは軍では教えてもらわなかった。俺も、そして陣も……。

「おい、しっかりしろ陣！　陣っ！　待ってろ、すぐに手当てをしてやる」

俺は横たわる陣の上体を起こすように抱え上げた。

「何を馬鹿なこと言ってるんだお前……。内戦中に負傷した兵を何人も見てきているはずだろ。もう助からねぇよ……」

陣を抱きかかえる俺の手が震えるのがわかる。そう、何度も何度も見てきたのだ。あの頃は毎日がこうだった。毎日、知った顔が死んでいった。

俺はこの十年で多くのものを失ってしまっていた。そして、今また、一緒に戦い、生き残った大切な戦友が目の前で、死んでいく——。

「結局こうなってしまったんだな。俺はお前にこうして欲しかったのかもしれないな。世の中に絶望してヤケになってからも、ずっと、ずっと、抜け出したかったような気がする……」

陣は穏やかに笑っている。俺は陣の身体を激しく揺さぶった。

「後は俺に任せて早く逃げろ」

「陣、お前も逃げるんだっ！　俺と一緒に！」

俺は自分でも恥ずかしくなってくるほど涙を流していた。だが、陣は穏やかに微笑《ほほえ》んだまま、動こうとはしない。

「大事なヤツが……いるんだろ？　守ってやりな……」

「ああ、もうドジは踏まない！　十年前とは違うんだ。だから、お前も助けてやる！」

そう言うと、陣はゆっくりと俺の頬をペチペチと軽く叩いてきた。

「バカ野郎、欲張るんじゃねえ。人間、大事なモノって言ったら、一つだけだぜ。二つはいらねえ。違うか？」

「忘れたのか？　俺が欲張りだってことを……」

陣は薄く笑うと小さく首を振った。

「忘れちまったなぁ、んな、昔のことぁ……」

陣の顔から急速に生気が失われていく。とにかく、出血がひどい。

「陣！　しっかりしろっ！」

陣はもう俺の声など届いていない様子で、大量の血液とともに、うわごとのように言葉を吐いた。

「大丈夫だ、お前のことは誰にもバレねぇからよ。ただ、しばらく身を隠していろ。もしものことがあるからな」

「わかった。わかったから、もう、喋るな」

「早く……しろ。もうすぐ、他の連中がこの病院に戻ってくる。そうすれば、もう手遅れになる。だから……早く出て行け」

陣の最後の力だろうか。陣は俺の身体を激しく突き飛ばしてきた。

「俺は自分のしでかしたことの後始末をしなくちゃならねぇ……」

俺は呆然とその場に立ちつくしていた。涙が止まらない。

「そんな顔をするなよ、正樹。俺の代わりに生きてくれ。お前が大切に想ってる女と結婚して……子供を作って……」

「陣……」

「じゃあな……正樹」

俺は陣の言葉に、背中を押されるように病院を飛び出した。そして泣きながら無我夢中で街まで走った。

エピローグ

「さえこおねぇちゃん、おめでとぉー!」

教会を出ると、子供たちの大きな声が聞こえた。盛大な祝福。溢《あふ》れる歓声。元気な子供たちに囲まれながら、俺と冴子はこの瞬間の幸せを心から感謝した。

俺たちは結婚した。正確には、もうだいぶ前だ。誕生日が来てしまった冴子を引き取り、俺の戸籍に入れたのが、その数日後。その旨《むね》を教会に伝えたのが一昨日。この間に半年以上が経っている。

教会の経営者、支援者、孤児たちは、不眠不休で結婚式の準備をしてくれていたらしい。教会だけに、冠婚葬祭はお手の物で、俺たちはまったく何もせずに今日という日を迎えてしまった。

俺は天涯孤独だが、冴子は違っていた。教会でともに生活してきた人々がいる。俺は今日改めて冴子の優しさ、人柄の良さを知った。式は盛大だったが、それよりもそのために動いてくれた人の数が尋常ではなかった。教会に関わるすべての人が、総出で俺たち、いや、冴子の新しい門出を祝福してくれているのだ。

俺は、なんとかやりくりして、ささやかな式を挙げられればと考えてはいた。どうせなら、冴子の育ったこの教会で式を挙げたいと思い、報告がてら予算を聞いてみただけだったのだが、話はトントン拍子に進み、あっという間にこの日を迎えてしまったのだ。

子供たちの祝福の声。それに混じって飛び交う、にぎやかな音楽。そして色とりどりの紙吹雪。俺の想像を絶するほど、盛大で、温かで、心に残る結婚式になった。

「……本当にありがとう！」

冴子は周り中で祝福してくれる子供たち、そして世話になった人々に涙混じりの声で何度も何度も礼を言う。その表情は晴れやかで、雲一つない青空のようだった。

「ほら、お兄ちゃんも、みんなにお礼を言って……」

涙を拭《ぬぐ》いながら、冴子は俺に言ってくる。その表情はとても嬉《うれ》しそうだった。

冴子は、昔結婚の約束をした兵隊が、この俺だということを初めから知っていたらしい。しかし、なぜかそのことについて聞いても、いつも話をはぐらかされてしまう。だが、冴子が幸せならそれはそれでいいかなと思っている。今では二人とも、ほとんどこの話題には触れていない。

「ありがとう……ありがとう……」

冴子は小さく、しかし、しっかりと手を振っている。涙を流しながらも冴子の表情には幸せが溢れている。歓声は更に大きくなり、それにつられて冴子はまた涙を流していた。そんな冴子が、みんなに見えるように高々と左手を振っている。

「そんなにその指輪が気に入ったのか？」

「もちろん。お兄ちゃんが初めてくれたプレゼントが結婚指輪になるなんて、私、とっても嬉しいの……」

冴子の左手の薬指には、あのペンダントにはまっていた緑のガラス玉……という種類のエメラルドを加工して作った指輪が輝いている。

冴子はあれをガラス玉というと怒るのだ。手の脂やほこりで曇ってしまった見窄らしい、この偽物のエメラルドが気に入っているのだという。冴子は、子供の頃からあれが偽物だと気付いていたようなのだが、綺麗《きれい》だったからそれでいいと宝物にしていたのだ。冴子にとっては、このガラス玉もエメラルド以上の価値を持っているということだが、俺としては、やはり本物のエメラルドをはめてやりたかった。

しかし、この御時世では、宝石の類は、〈大混乱〉以前よりも数十倍の価値を持っている。とても俺が手を出せる代物ではない。

それでも、冴子は満足してくれていた。こんなものを喜んでくれる。それだけで嬉しいのだが、冴子はこれをエメラルドよりも価値があるとまで言ってくれている。

冴子のことだから、俺に気をつかわせまいとしているのだろうが、俺はいつかきっと本物のエメラルドを冴子に贈ろうと考えている。そう、エメラルドは冴子の誕生石なのだ。

昔、エメラルドに見立ててこの偽物を贈ったのも、その辺を俺なりに考えた結果だったのだが、宝石には一つ一つ暗示というか象徴する言葉があるそうだ。エメラルドが表すのは、清廉。冴子にぴったりの宝石だ。

そんなことを考えていると、俺はクイクイと袖《そで》を引っ張られた。冴子は頬《ほお》を染めて恥ずかしそうな笑顔を浮かべている。

「これからは、ずっと俺が一緒だ。どんな時でも」

「お兄ちゃん……」

「そんなに泣くなよ」

冴子は目頭を押さえて、零《こぼ》れ落ちる涙を拭おうとするのだが、涙はその勢いを止めず、次々に零れ落ちる。

「私、幸せです……」

感極まって泣いてはいても、冴子の表情は明るかった。日の光に照らされ、その涙すらも美しく感じられる。俺は冴子の手をとり、盛大な祝福を受けながら前へと歩き出したのだった。

あとがき

　こんにちは、塚原尚人です。皆さん、お元気ですか？　あとがきや解説から読む癖のある皆さん（私もそうですけど）、以下にちょっとだけネタバレがありますので、注意してくださいね。

　私は小説に限らず頼まれれば何でも書いてしまう物書きですので、ゲームのノベライズもすでに何度もやったことがあるのですが、『M.E.M.～汚された純潔～』のように近未来SF的な要素の入ったゲームのノベライズをやるのは初めてでした。もっとも、基本的には純愛調教物（？）だったので、いつも通りの調子で書くことはできましたが、近未来SF的な要素に少し戸惑ったのも事実です。せっかく近未来SF的な要素がゲームにあるのだからと思い、ちょっと冒険して、Hシーンのない章も書いてみたのですが、いかがでしたでしょうか。

　私は普段、あまりゲームをやらないほうなのですが、この『M.E.M.～汚された純潔～』は、なかなか気に入りました。中でも、篠崎冴子がよかったですね。盲目というところに、グッときました。ゲームとは直接関係ありませんけど、小説家としてはついつい谷崎潤一郎の『春琴抄』を思い出してしまいます。盲目で、その上、薄幸な美少女とくれば、もはや無敵でしょう。

そんなわけで、数ある女の子の中から篠崎冴子をメインにしたストーリーにしてみたわけですが、読者の皆さんの中には、当然、他の女の子が好きという方もいることでしょう。小説の場合、ゲームと違って、ストーリーは一つしか書けませんから、結末などに不満は残るかもしれませんが、それぞれの女の子も可能な限り登場させてみたつもりです。

Hシーンについては、ほとんど専門家みたいなものですので、ゲームよりもさらに濃厚な描写をしてみました。かなり「実用的」な仕上がりになっているはずですので、そのあたりを中心に読んでお楽しみいただけたらいいなと思ってます。

当初、この本はもっと早くに出す予定だったのですが、私の筆が遅く、読者の皆さんをはじめ、関係者の皆さんにご迷惑をかけてしまったことをお詫びしたいと思います。遅くなってしまった分、ゲームのテイストを活かしたそれなりに満足できるものが書けたと思っていますが、評価のほどは読者の皆さんにお任せしたいと思います。

ゲームのノベライズは小説の著者だけではなく、ゲームを作った関係者の皆さんの協力があってこそ、初めて成り立つものです。その意味で、ゲームの関係者の皆さんにこの場を借りてお礼を申し上げたいと思います。加えて、何かと問題の多い私を根気よくお世話してくださったパラダイムの久保田さん、本当にありがとうございました。

そして何よりも、この本を買って読んでくれた読者の皆さんに、最大限の感謝の気持ちを捧げたいと思います。

それでは、皆さん、機会がありましたら、またどこかでお会いしましょう。

2000年1月　塚原尚人

M.E.M.～汚された純潔～

2000年1月30日 初版第1刷発行

著　者　塚原 尚人
原　作　アイル【チーム・ラヴリス】
原　画　深水 直行

発行人　久保田 裕
発行所　株式会社パラダイム
〒166-0011 東京都杉並区梅里2-40-19
ワールドビル202
TEL03-5306-6921 FAX03-5306-6923

装　丁　林 雅之
印　刷　ダイヤモンド・グラフィック社

乱丁・落丁はお取り替えいたします。
定価はカバーに表示してあります。

〈パラダイムノベルス新刊予定〉

☆話題の作品がぞくぞく登場！

77.ツグナヒ

ブルーゲイル原作
大倉邦彦　著

たった一人の家族・妹の奈々が輪姦され、ショックから植物人間に。妹の敵をとるために、犯人の娘たちに近づき、陵辱するが…。

80.HaremRacer《ハーレムレーサー》

Jam　原作
高橋恒星　著

レースドライバーの主人公は、彼女イナイ歴24年。女の子に接触しようとがんばった彼は、レースにも勝ち続けてモテモテに！

81.絶望～第三章～

スタジオメビウス　原作
前薗はるか　著

亡霊として復活した紳一が、名門聖セリーヌ学園の少女たちを陵辱！　犯し続けてなお欲望が満たされない紳一の、最後の標的は…。

82.淫内感染 2
~鳴り止まぬナースコール~

ジックス　原作

平手すなお　著

城宮総合病院で繰り広げられる、看護婦たちの饗宴はまだ終わらない。坂口と奴隷たちとの、淫靡な夜…。

83.Kanon
~少女の檻~

Key　原作

清水マリコ　著

『kanon』第3弾。祐一の先輩・舞は、夜な夜な学園の魔物と戦い続けていた。彼女だけが見える敵とは？

Kanon
~the fox and the grapes~

Key　原作

清水マリコ　著

『kanon』第4弾。祐一に襲いかかる、ひとりの少女。記憶をなくしたまま、なぜか彼を憎む真琴の真意は？

既刊ラインナップ

1 悪夢 ～青い果実の散花～ 原作:スタジオメビウス
2 脅迫 原作:アイル
3 痕 ～きずあと～ 原作:リーフ
4 慾 ～むさぼり～ 原作:May-Be SOFT TRUSE
5 黒の断章 原作:Abogado Powers
6 淫従の堕天使 原作:DISCOVERY
7 Esの方程式 原作:Abogado Powers
8 歪み 原作:May-Be SOFT TRUSE
9 悪夢 第二章 原作:スタジオメビウス
10 瑠璃色の雪 原作:アイル
11 官能教習 原作:テトラテック
12 復讐 原作:クラウド
13 淫Days 原作:ルナーソフト
14 お兄ちゃんへ 原作:ギルティ
15 緊縛の館 原作:XYZ

16 密猟区 原作:ZERO
17 淫内感染 原作:ジックス
18 月光獣 原作:ブルーゲイル
19 告白 原作:ギルティ
20 Xchange 原作:クラウド
21 虜2 原作:ディーオー
22 飼 原作:13cm
23 迷子の気持ち 原作:フォスター
24 ナチュラル ～身も心も～ 原作:フェアリーテール
25 放課後はフィアンセ 原作:スィートバジル
26 骸 ～メスを狙う顎～ 原作:SAGA PLANETS
27 朧月都市 原作:GODDESSレーベル
28 Shift! 原作:Trush
29 いまじねいしょんLOVE 原作:U・Me SOFT
30 ナチュラル ～アナザーストーリー～ 原作:フェアリーテール

31 キミにSteady 原作:ディーオー
32 ディヴァイデッド 原作:シーズウェア
33 紅い瞳のセラフ 原作:Bishop
34 MIND 原作:まんぼうSOFT
35 錬金術の娘 原作:BLACK PACKAGE
36 凌辱 ～好きですか?～ 原作:アイル
37 My dearアレながおじさん 原作:ブルーゲイル
38 狂＊師 ～ねらわれた制服～ 原作:クラウド
39 UP! 原作:メイビーソフト
40 魔薬 原作:FLADY
41 臨界点 原作:スィートバジル
42 絶望 ～青い果実の散花～ 原作:スタジオメビウス
43 美しき獲物たちの学園 明日菜編 原作:ミンク
44 淫内感染 ～真夜中のナースコール～ 原作:ジックス
45 My Girl 原作:Jam

アイル原作作品
最新刊
パラダイムノベルス 70
清水マリコ 著
リバ原あき 画
脅迫 ～終わらない明日～
パラダイムノベルスでも好評の「脅迫」が、リニューアルされて新登場！　雑誌「メガストア」誌上で連載されたものに、新たな結末を加えた最新作です！